Écrivain, éditrice, journaliste, Geneviève Brisac a notamment publié *Petite*, *Voir les jardins de Babylone*, *Week-end de chasse à la mère* (prix Femina 1996) et *Les Sœurs Délicata*, ainsi que deux essais consacrés à la littérature anglo-saxonne: *Loin du paradis, Flannery O'Connor* et *La Marche du cavalier*. Elle est également l'auteur de nombreux livres pour la jeunesse.

Agnès Desarthe, est romancière et traductrice (*La Belle Vie, La Chambre de Jacob*). Après un premier roman remarqué – *Quelques minutes de bonheur absolu* –, elle s'impose comme une des voix les plus fortes de la jeune littérature française en publiant *Un secret sans importance* (prix du Livre Inter 1996), *Cinq Photos de ma femme, Les Bonnes Intentions, Le Principe de Frédelle*, et plus récemment, *Mangez-moi*. Elle écrit également pour la jeunesse.

Geneviève Brisac
Agnès Desarthe

LA DOUBLE VIE
DE VIRGINIA
WOOLF

Éditions de l'Olivier

La première publication de ce livre a paru sous le titre
V.W. Le mélange des genres
aux éditions de l'Olivier, en 2004.

TEXTE INTÉGRAL

ISBN 978-2-7578-1008-8
(ISBN 2-87929-449-5, 1ʳᵉ publication)

Être immune, c'est vivre à l'abri des chocs, des ennuis, des souffrances, c'est être hors de portée des flèches, avoir assez de bien pour vivre sans rechercher flatterie ni réussite, ne pas être obligée d'accepter les invitations et ne pas se soucier des éloges que reçoivent les autres. Être forte, satisfaite, sentir que personne ne pense à moi et que je peux me reposer.

L'immunité est un état paisible et exalté, désirable, que je pourrais atteindre bien plus souvent que je ne le fais. N'être rien, n'est-ce pas l'état le plus satisfaisant au monde ?

V. W.

Le paradis perdu

« Si la vie repose sur une base, si c'est une coupe que l'on remplit, que l'on remplit indéfiniment, alors ma coupe repose sur ce souvenir. »

Le 18 avril 1939, Virginia Woolf commence un texte qu'elle nomme *Une esquisse du passé*. Elle réfléchit sur la mémoire et sur les mémoires. Elle évoque un souvenir de 1889. La sensation est intacte.

Elle a sept ans, elle est dans son lit, à demi éveillée. La chambre des enfants, à St. Ives, donne sur la mer. Ce sont les vacances, comme chaque année, en Cornouailles. Lande, genêts, bruyère et chemins creux. C'est un lieu mythique, un creuset. Elle entend les vagues qui se brisent, une deux, une deux, et qui lancent une gerbe d'eau sur la plage ; et puis qui se brisent, une deux, une deux, derrière un store jaune. Elle entend le store traîner son petit gland sur le sol quand le vent le gonfle.

Elle est couchée, elle entend le giclement de l'eau, et elle voit cette lumière et elle sent qu'il est à peu près impossible qu'elle soit là.

« Je suis en proie, écrit-elle, à l'extase la plus pure que l'on puisse imaginer. »

« Si j'étais peintre, je rendrais ces premières impressions en jaune pâle, argent et vert. Il y aurait le store jaune pâle ; la mer verte ; le gris argent des fleurs de la passion ; je représenterais une forme sphérique ; semi-translucide. Je représenterais des pétales recourbés ; des coquillages, des choses semi-translucides ; je tracerais des formes arrondies, à travers lesquelles on verrait la lumière, mais qui demeureraient imprécises. Tout serait vague et indistinct ; et ce qu'on verrait, on l'entendrait aussi.

Des sons sortiraient de tel pétale ou de telle feuille, des sons indissociables de l'image. J'entends aussi le croassement des freux qui tombe de très haut. Les cris semblent traverser un air élastique et visqueux. »

On comprend tout de suite pourquoi Virginia n'est pas peintre – elle qui soupire si souvent : si j'étais peintre – mais non, elle est écrivain, c'est-à-dire qu'elle croit possible de faire ressentir des émotions à un lecteur en lui décrivant des choses impossibles à peindre, des gens impossibles à comprendre, des faits impossibles à expliquer, des souvenirs oubliés.

Le souvenir suivant est sensuel. Des pommes rouge et

or. Les pommes arrivent à la hauteur de la tête de la narratrice, parce que le jardin est en contrebas. Il y a des fleurs roses, on est abasourdi par le vrombissement des abeilles, et tout est placé sous le signe de la chaleur, tout est mûr et bruissant, c'est l'été.

« Je me souviens que, quand nous étions enfants, les étés étaient toujours vraiment chauds », murmure une voix, dans l'incrédulité générale, car la chaleur de la Cornouailles n'est pas si réputée. Ce lieu du paradis perdu, c'est le jardin qu'on longe pour descendre à la plage. Un ravissement.

« Je pourrais remplir des pages, remarque Virginia Woolf, à évoquer l'une après l'autre les choses qui faisaient de l'été à St. Ives le plus beau commencement d'une vie qui se puisse concevoir. » Les anémones de mer, un petit poisson agitant sa nageoire dans une flaque, des coquillages, le bateau, le sable qu'on creuse, la lumière sur la mer le soir, les mûres des buissons.

« Lorsqu'ils louèrent Talland House, les parents nous donnèrent, à moi en tout cas, quelque chose qui s'est montré durable et sans prix. »

Il y a dans les souvenirs de la baie nichée dans l'ongle du gros orteil de l'Angleterre, cette sorte de bout du monde, le socle indestructible de toutes les scènes à venir.

« Je vois le passé, écrit Virginia Woolf, comme un

11

long ruban de scènes et d'émotions, une avenue qui s'étend derrière moi, et au bout de l'avenue, se trouvent encore le jardin et la chambre d'enfants. Mais pourquoi se souvient-on de certaines choses et non pas d'autres ? Pourquoi me souviens-je du bourdonnement des abeilles dans le jardin, et non d'avoir été jetée toute nue dans la mer par mon père, comme on me l'a souvent raconté ? »

Elle livre ces souvenirs comme des pistes, car, note-t-elle, dans ce début de mémoires, il est très difficile de décrire un être humain.

Adeline Virginia Stephen est née le 25 janvier 1882* à Hyde Park Gate, une sombre et victorienne demeure londonienne.

Sa mère se nomme Julia Prinsep Jackson, la très belle, très énigmatique et très énergique nièce de Julia Cameron, pionnière de la photographie.

Son père, sir Leslie Stephen, est un homme de lettres respecté, ami de Henry James et de tout ce que le Londres de 1880 compte de sommités, l'austère et puritain auteur du *Dictionnaire biographique national*, soixante-trois volumes comportant vingt-neuf mille notices relatives à d'hypothétiques grands hommes.

« Je suis issue, dit Virginia, d'innombrables personnes, certaines célèbres et d'autres obscures, née dans un

---

* Repères chronologiques, *infra* p. 275.

milieu sociable, très cultivé, très porté à la correspondance, aux visites, à s'exprimer, à la fin du XIXᵉ siècle. »

« Mais je ne sais pas, ajoute-t-elle, honnête et perfide, dans quelle mesure ceci ou cela me fait éprouver ce que j'ai éprouvé dans la chambre des enfants à St. Ives.

Je ne sais pas à quel point je suis différente des autres. En partie parce que je n'ai jamais été à l'école et n'ai jamais été en compétition avec des enfants de mon âge, je n'ai jamais été à même de comparer mes qualités et mes défauts avec ceux d'autrui. »

Elle laisse vite tomber les considérations psychologiques et familiales pour revenir à la phénoménologie :

« Mais naturellement, il y avait une cause extérieure à l'intensité de cette première impression, cette sensation d'être à l'intérieur d'un grain de raisin et de voir à travers une pellicule d'un jaune translucide, cela venait de tous ces mois que nous passions à Londres. »

En quelques mots, à sa manière narquoise et impressionniste, Virginia Woolf installe le décor, ce théâtre essentiel pour faire comprendre ce qu'est une vie. Elle fait une révérence insolente à la biographie traditionnelle, si affirmative et si raide. Un pied de nez au biographe positiviste et scientiste, accroché aux branches des arbres généalogiques, grimpé sur son tabouret de contrôleur des vies, drapé dans sa condescendance sociologique. Elle pose des jalons, des taches de couleur et de mémoire, qu'il faudra ensuite ajuster les unes aux autres, qu'il faudra superposer, faire jouer les unes avec les autres, un puzzle auquel il y aurait plusieurs solutions.

Ce paradis perdu, Virginia Woolf va y retourner souvent, c'est un réservoir primordial d'images, d'émotions, et aussi de sens. Il est d'autant plus intéressant que, si on y trouve les germes de tous ses romans, elle s'est très longtemps tue sur ses premières années, les années d'avant la chute. Sa correspondance et ses journaux publiés commencent tous après la mort de Julia, en 1895. Julia, celle à quoi tout la ramène, la mère glaciale et très aimée, l'Ange du foyer comme elle la nomme.

Parce qu'il est très difficile de décrire un être humain, et encore davantage quand celui-ci a noirci des milliers de pages de romans, de lettres, de journaux, il n'est pas inutile de flâner un peu dans le vague et le brûlant des souvenirs, comme un fond de couleurs et de sensations, sur lequel inscrire les hiéroglyphes, les lignes noires et entremêlées de l'histoire familiale.

1882-1895 : entre zéro et treize ans, durant ces années où Julia vivait, l'univers de Virginia se partage entre les hivers à Hyde Park Gate, avec ses promenades obligatoires dans les jardins de Kensington, et les étés dans la maison de St. Ives. « Les souvenirs d'enfance, dit-elle, sont plus intenses que les autres, car nous ne sommes alors que le réceptacle d'un sentiment d'extase et de ravissement. » Et ce don : ne plus être qu'un réceptacle, n'être plus rien, rien d'autre que le pur lieu de passage des sensations et des émotions, c'est un des mystères autour desquels tourne la création.

« Mon premier souvenir, dit Virginia, ce sont des fleurs rouges et violettes sur un fond noir » : la robe de Julia, assise dans un train. Virginia pose sa joue, les fleurs sont tout près de ses yeux. Julia repousse la tête de l'enfant qui se pique à une broche. Les enfants ont une curieuse accommodation. Une robe peut laisser un souvenir si précis, comme s'il n'y avait rien autour, un vaste espace vide. Virginia Woolf, toute sa vie, travaille à retrouver cette vision déformée, ou plus vraie, du monde. La vérité cachée. Le dieu caché, celui qui donne le sens perdu des choses.

Moment de sensation pure : dans Kensington Gardens, le grand jardin de Peter Pan, une vieille femme ronde et trapue vend des ballons, une masse houleuse d'une lumière incandescente, rouge et violette comme les fleurs de la robe de Julia. Pour un penny, la femme en détache un que la petite fille emporte en dansant et qui se plissera dans la salle des enfants, s'il a la vie assez longue. Le visage de la femme est plissé comme le sera bientôt le ballon, et le ballon a les couleurs de la robe maternelle. Toujours, les anémones rappelleront à Virginia ce bouquet de ballons – et sa mère. Toujours, les anémones déchireront de leurs pétales duveteux et fragiles le coton des journées sans couleur.

La vie des enfants, plus que celle des adultes, comporte principalement des moments de non-être.

Enfants, nous vivons dans une sorte d'ouate, à moitié endormis. En vérité, les adultes aussi, mais ces moments de non-être, ils les masquent, les déguisent, les camouflent en gestes routiniers, pour ne pas trop en souffrir. Nous vivons le plus souvent en état de semi-torpeur. Cet état cotonneux, quand nous sommes enfants, est troué de violents moments d'être. Virginia Woolf les nomme aussi chocs.

« L'aptitude à recevoir des chocs est ce qui a fait de moi un écrivain », dit-elle. L'ouate cache un dessin, les chocs la déchirent, le dessin, un minuscule bout du dessin apparaît. Il faut alors le capturer avec des mots, qui sont des sons et des images, qui sont des scènes.

Choc : la découverte d'une fleur. Il y a beaucoup de fleurs originelles dans l'enfance de Virginia. Nous sommes encore dans le jardin de St. Ives.

« Je regarde la plate-bande de fleurs près de la porte. Tout y est, me dis-je, en regardant une plante avec un bouquet de feuilles. Il me sembla soudain évident que la fleur en soi faisait partie de la terre. Un cercle entourait ce qui était la fleur, moitié terre et moitié fleur, c'était la vraie fleur. » Tout est là, elle sait qu'elle vient de faire une expérience qu'il faut mettre en réserve, sur laquelle il faudra réfléchir. Une porte s'est ouverte. La traversée des apparences est possible. Elle a un sens.

Choc : le moment que Virginia Woolf nomme moment de la flaque dans l'allée. Elle le décrit ainsi : « Sans raison, tout devint soudain irréel, je ne pouvais franchir la flaque. » Tout s'arrête et, pour que le monde redevienne réel, il faut toucher quelque chose. C'est une expérience troublante, l'expérience d'une brèche dans la réalité, d'une ouverture vers un autre monde, et en même temps d'une menace. C'est aussi une porte, mais une porte dangereuse, la porte des démons.

L'expérience mystique indissociable de la création est là, avec sa face lumineuse et sa part d'ombre, et de mort.

« Voici la flaque que je ne puis franchir, dit Rhoda dans *Les Vagues*. J'entends tout contre moi le bruit de la grande meule. L'air qu'elle déplace me frappe au visage. Tous les objets palpables m'ont abandonnée. Si je ne parviens pas à tendre les mains, à toucher quelque chose de dur, ma vie se passera à flotter, chassée par le vent le long d'un corridor éternel. Comment traverser ce gouffre et rejoindre mon corps ? »

Rhoda, la rêveuse héroïne qui passe son temps à faire naviguer des pétales dans un bol de terre brune, en les nommant vaisseaux, la fille sans visage et légère, qui se sent trop fragile pour résister au vent, morceau de papier qui volette dans un corridor, Rhoda l'effarouchée subit l'expérience de la flaque que l'on ne peut franchir, après la mort de son ami Perceval. La flaque d'eau noire qui vous aspire et vous paralyse et vous jette hors de votre corps comme le font les mauvais sorts, c'est la forme que prend l'épouvante, que l'on ne peut combattre qu'en touchant quelque chose de dur : la solidité rassurante d'une idée.

« Beaucoup de couleurs vives, beaucoup de menaces, des bruits distincts, quelques humains, de violents moments d'être, et l'espoir de pouvoir un jour les penser. Le tout ceinturé d'un vaste espace, voilà une représentation sommaire de l'enfance, note Virginia Woolf. C'est la forme que je lui donne. Et elle est facile à décrire, parce que ces choses sont en soi achevées. »

Généalogie de la littérature

« Bien qu'elle soit morte quand j'avais treize ans, elle m'obséda jusqu'à l'âge de quarante-quatre ans. »

Virginia Woolf a beaucoup réfléchi à la personnalité de sa mère, Julia, l'Ange du foyer.

« Un jour, en faisant le tour de Tavistock Square, je composai *La Promenade au phare*, comme je compose parfois mes livres, dans une grande bousculade apparemment impulsive. D'une chose surgissait une autre. L'envol des bulles de savon évoque bien la foule d'idées et de scènes qui se précipitent hors de mon esprit. Qu'est-ce qui soufflait ces bulles ? Pourquoi à ce moment-là ? Je n'en ai pas la moindre idée. Mais j'écrivis le livre très vite. Et quand il fut écrit je cessai d'être obsédée par ma mère. »

C'est en 1927 que Virginia Woolf publie *La Promenade au phare*, l'histoire de Mrs. Ramsay, reine lumineuse au milieu de sa cour, qui flirte avec ses invités, étend sa protection à tout le sexe opposé, tient si droite son ombrelle noire qu'il est impossible de trouver les mots pour décrire sa démarche fluide et impérieuse, sert un gigot comme si c'était une œuvre d'art, négocie avec la mauvaise humeur de son mari comme si elle réglait un problème de l'Empire britannique, ne regrette jamais ses décisions et ne se soustrait jamais à ses obligations, lit *Le Petit Poisson et le Pêcheur* à son fils James comme si c'était la chose la plus importante au monde, et ne peut rien contre le fait que son père l'a trahi en lui refusant une promenade en bateau jusqu'au phare. Elle est l'épouse fidèle et dévouée à son mari, aux livres que son mari doit écrire, aux besoins qu'il n'a même pas à exprimer tant elle les connaît d'avance. Elle est aussi une femme d'une intelligence exceptionnelle, vibrante et trop lucide. Ainsi remarque-t-elle qu'il dit souvent des choses horribles, mais qu'à peine les a-t-il dites qu'il semble immanquablement de meilleure humeur. Alors qu'elle se ferait sauter la cervelle si elle en pensait seulement la moitié. Elle s'amuse du fait qu'il ne la voit pas, qu'il ne regarde pas autour de lui, qu'il ne remarque pas les fleurs. Elle sait qu'il l'aime. Souvent, elle se demande ce qu'elle a fait de sa vie. Elle est une dure éponge de corail imbibée d'émotions humaines.

En repensant à *La Promenade au phare*, Virginia Woolf écrit :

« Je suppose que je fis ce que les psychanalystes font pour leurs malades. J'exprimai une émotion très ancienne et très profondément ensevelie.

Assurément elle était là, au cœur de cette spacieuse cathédrale qu'était l'enfance. Elle était là dès le premier instant. »

Virginia Woolf compare l'influence de sa mère à d'autres influences qu'elle a subies : celles des apôtres de Cambridge, du romancier Arnold Bennett, de Wells, ou de la guerre. Des influences littéraires, politiques, sociales, autant de houles qui l'ont emportée et contre lesquelles il a fallu nager à contre-courant. Des influences auxquelles il a fallu résister, dont il a fallu prendre conscience pour s'en arracher. Il est étrange et bien dans cette manière radicale de s'interroger sur soi de mêler les influences politiques, sociales, culturelles, et l'influence d'une mère, surtout en 1939. Avec ce sens du mélange qui la caractérise, avec ce sens du changement de perspectives dont elle a fait un art, elle associe cette pensée à une sensation, ou plutôt au souvenir d'une sensation : « Elle portait trois bagues. Un solitaire, une émeraude, une opale. Mes yeux se fixaient sur les feux de l'opale qui se déplaçait sur la page du livre. »

Le gros plan, l'image mentale vient s'incruster, absolue dans son évidence.

Comme Mrs. Ramsay, Julia était très belle.

Une opale qui luit au milieu d'un doigt pointé sur la page de latin.

Mais aussi : sévère, et vive, très droite, et derrière la femme active, une femme triste et silencieuse.

Julia Prinsep Jackson Stephen est l'incarnation de la femme victorienne, vouée aux autres, à la fois utile, obsédée d'aide sociale, infirmière universelle, et inutile en tant qu'elle-même, destinée à ne rien produire, n'existant que pour les siens, et la charité qu'elle prodigue. Un centre absolu, lumineux et absent.

« Elle était le tout, écrit Virginia Woolf. Et jamais je ne suis restée seule avec elle plus de quelques minutes. »

L'amour qui sourd de ces descriptions est poignant et sans réciprocité. La mère selon Virginia est inaccessible et parfaite. Une statue. Une statue pour laquelle elle a peur sans cesse et qui s'éloigne sans cesse, occupée par ses œuvres, par ses sept enfants, par le chagrin qui ne la quitte jamais depuis la mort de son premier mari, un homme sur la tombe duquel elle va parfois secrètement se coucher, ce qui n'est pas tellement son genre.

« Et puis il y a la dernière image que j'ai d'elle : elle était mourante, j'allai l'embrasser et comme je me glissai hors de la chambre, elle dit : tiens-toi droite ma petite chèvre ! »

Le 5 mai 1895, un monde disparut.

Julia avait été mariée une première fois à un homme qu'elle avait passionnément aimé et qu'elle pleura sa vie durant, car, disait-elle, elle avait vécu à ses côtés ses « années d'or ». Quel meilleur paravent qu'un amour ancien, quel meilleur bouclier contre les assauts d'un mari qui voudrait qu'on lui soit entièrement dévouée, que le spectre de son prédécesseur ?

Quant aux enfants, ils voient leur mère d'en bas.

En lisant *La Promenade au phare*, on est frappé par le pouvoir de séduction de Mrs. Ramsay, sa poigne, son ironie, sa faculté à repousser les avances, à demeurer toujours élusive. C'est un des portraits que Virginia Woolf nous donne de sa mère et qui évoque – est-ce à cause de la proximité des jardins de Kensington ? – celui de Mme Darling dans *Peter Pan*.

« C'était une dame gracieuse, à l'âme romanesque avec, à la bouche, un pli doucement moqueur. Cette âme romanesque ressemblait à ces petites boîtes gigognes qui nous viennent de l'Orient mystérieux – vous avez beau les ouvrir l'une après l'autre, il y en a encore une plus petite à l'intérieur. »

Avec de tels êtres, l'intimité n'est possible qu'en l'absence de mots. Ce qui est réconfortant pour des mères comme Julia Stephen ou Mme Darling, ce qu'elles apprécient dans la compagnie des enfants, ce n'est pas seulement leur grâce et leur proverbiale innocence, mais bien davantage le fait que, lorsqu'ils sont vraiment petits, ils ne posent pas de questions. Ils tiennent chaud, ils occupent, mais laissent en paix la sacro-sainte vie intérieure. Peut-être est-ce pour cela qu'elles voudraient ne jamais les voir grandir.

« Tous les enfants, sauf un, grandissent. Ils savent très

tôt qu'ils grandiront. Voici comment Wendy le découvrit. Un jour – elle était alors âgée de deux ans –, comme elle jouait dans le jardin, elle cueillit une fleur et courut l'offrir à sa mère. Sans doute était-elle en cet instant radieuse car Mme Darling, la main posée sur son cœur, s'écria : "Oh, si seulement tu pouvais rester ainsi à jamais !" Elle n'en dit pas plus long mais, dès cet instant, Wendy sut qu'elle était condamnée à grandir. À deux ans, tout enfant le sait. Deux est le commencement de la fin. »

On croirait entendre Mrs. Ramsay, qui règne sur son petit monde et aimerait avoir toujours un bébé dans les bras. « Pourquoi, se demanda-t-elle, appuyant le menton sur la tête de James, devaient-ils grandir si vite ? Pourquoi devaient-ils aller en classe ? »

À quel genre de corruption s'agit-il d'échapper ? On pense forcément à l'instinct de protection : un enfant qui ne grandit pas ne connaîtra pas la souffrance, ne fera pas l'expérience de l'âpreté du monde adulte et, surtout, ne mourra pas. « Elle était souvent la proie de ce sentiment : pourquoi fallait-il qu'ils grandissent et perdent tout cela ? Puis elle se disait, défiant la vie de son épée brandie : balivernes. Ils seront parfaitement heureux. »

Mais pour l'écrivain c'est la vision de l'enfant, sa perception chaotique des couleurs et des bruits du monde, qu'il faudrait préserver. Travaillant avec les mots, Virginia Woolf connaît leur pouvoir délétère. Ce qu'elle tente de retrouver dans ce qu'elle appelle ses « expériences » ou ses « expérimentations », c'est la sensation nue, une préhistoire de la parole. Au mot d'adulte qui sert à informer, se substitue le mot d'enfant qui, dans les deux premières années, est avant tout un son.

Ainsi sa révolte contre le cours du temps, contre le cours des choses, est un parti pris stylistique : privilégier l'impression, retarder l'analyse, se laisser choquer, ne laisser retomber le sceau figeant du mot qu'en dernière instance.

Quand elle évoque son père, sir Leslie Stephen, Virginia Woolf oscille sans cesse, se balançant d'un pied sur l'autre pour être juste avec cette bizarre personnalité, contre laquelle elle s'est construite, avec rage et amour, à qui elle ressemble, et qu'elle venge à chaque mot de n'avoir été ni un artiste, ni un génie, non, rien qu'un solide esprit de second ordre. Mais honorable, mais respectable, si raisonnable et si violent pourtant. Un père omniprésent, écrasant, qui suscite des sentiments ambivalents.

Dans son *Journal*, le 28 novembre 1928, elle écrit, au seuil d'une réflexion décisive sur son art : « Père aurait eu quatre-vingt-seize ans. Quatre-vingt-seize ans. Mais Dieu merci, il ne les a pas eus. Sa vie aurait absorbé toute la mienne. Que serait-il arrivé ? Je n'aurais pas écrit, pas un seul livre. Inconcevable. »

« De petits yeux bleu myosotis, d'épais sourcils, une longue barbe, très grand, maigre et voûté, sa longue barbe cachait sa petite cravate rabougrie, son menton était un peu fuyant et sa bouche que je n'ai jamais vue avait peut-être les lèvres un peu molles, mais il avait un grand front haut et renflé et un crâne superbe.

Mon père était spartiate, ascète, puritain. Et aussi : froid, sarcastique, redoutable. Il n'avait aucune sensibilité à la peinture, aucun sens de la musique des mots… Il tenait beaucoup du prophète hébreu. Il avait le désir frustré d'être un homme de génie. Ce sont là des traits qui détruisent le beau portrait de l'intellectuel type de Cambridge. L'auteur du *Dictionnaire biographique de l'Angleterre*. En famille, il était traité comme un dieu mais aussi comme un enfant. […]

Il m'a obsédée pendant des années. Je me surprenais à remuer les lèvres, à discuter avec lui, je sentais cette vieille colère réprimée m'envahir.

Quand je lis ses livres, j'y trouve une idée de ce qu'était Leslie Stephen, l'agnostique musclé, gai et cordial, doué de courage, de simplicité, un esprit solide plein de dédain pour les apparences.

Mais à partir de juillet 1897*, c'est le père tyrannique, exigeant, sourd, violent, apitoyé sur lui-même

---

* Après la mort de Stella, qui suivit de deux ans celle de Julia.

qui nous tint sous sa domination. C'était à se croire enfermée dans une cage avec un fauve. Un lion morose et dangereux, boudeur, furieux, blessé, qui devenait soudain féroce. »

À plusieurs reprises, Virginia Woolf évoque l'obstacle le plus menaçant : « La pierre qui pesait sur notre vitalité, notre père. Le mercredi était le jour des comptes, nous lui apportions les livres juste après le déjeuner. Il chaussait ses lunettes, puis il lisait les chiffres, son poing s'abattait alors sur le registre, ses veines se gonflaient, le sang lui montait au visage, il hurlait : je suis ruiné. Il accablait Vanessa d'injures. Elle continuait à ne pas bouger. » La scène se poursuit, aux cris succèdent l'abattement, la tête dans les mains, les gémissements, les tremblements. Elle commente : « Jamais plus je n'ai ressenti autant de rage et de frustration. Si au lieu de paroles, il s'était servi d'un fouet, la brutalité n'eût pas été pire. »

En aucun cas Leslie Stephen ne se laissait aller à de telles manifestations devant des hommes. C'était un homme du monde et un homme unanimement respecté pour son immense capacité de travail, ses convictions, son courage. En public, il était toujours modeste, humble et tenu. Mais devant les femmes, ses femmes, il pouvait se donner en spectacle, s'adonner à l'apitoiement sur soi.

« De tout cela j'ai tiré l'idée arrêtée et durable qu'il n'y a rien de plus redoutable que l'égocentrisme. Rien qui blesse autant la personne en cause, rien qui atteigne si cruellement ceux qui vivent à son contact. »

Si elle peut faire surgir les vieilles scènes douloureuses, mais aussi rendre justice à l'écrivain, elle dépose finalement les armes : Leslie Stephen, s'il permet de comprendre le gâchis du victorianisme patriarcal, s'il est à la source de bien des colères, reste jusqu'au bout un mystère : « Je ne parviens pas plus à le décrire de son point de vue que du mien, remarque-t-elle. Je le vois qui s'éloigne, le dos tourné. »

De ce constat douloureux naîtront les plus belles pages que l'on puisse écrire pour comprendre et donner à sentir ce qu'est une vie humaine. De ce constat douloureux vient aussi la confiance que Virginia met dans le roman, ces images mentales qui vous emportent et vous font écrire ce que vous ne saviez pas savoir.

À la charnière des deux mondes, celui des parents et celui des enfants, ils sont là, George, Gerald, Stella et Laura. Dans une mythologie, ils seraient les Titans, mi-dieux mi-humains, et un peu monstrueux.

Les quatre demi-frères et demi-sœurs de Virginia Woolf ont joué, chacun à sa manière, un rôle essentiel dans sa vie. George, Gerald et Stella sont les enfants de Julia. Laura est la fille de Leslie, une fille qu'on a dite idiote, peut-être schizophrène. Elle fut un silence coupable dans la famille Stephen. Une raison de plus de souffrir de cette hypocrisie presque biologique, d'auto-défense qui est le ciment des familles, victoriennes ou non.

Sur Stella, Virginia Woolf s'attarde longuement dans *Instants de vie* : « Elle avait cette qualité sans nom, la sensibilité aux choses vraies. Elle était ravissante d'une manière plus vague et moins parfaite que ma mère. Elle me faisait penser à ces grosses fleurs blanches que l'on voit dans les champs en juin. Je n'ai jamais rencontré personne qui me fasse penser à elle et cela est vrai aussi de ma mère. Elles ne se fondent pas dans le monde des vivants. »

Elle était la lune, dans un cosmos dont Julia était le soleil, la version douce, atténuée, un peu atone, décolorée, de sa mère. Après la mort de Julia, il lui revint la tâche de la remplacer auprès de ses demi-frères et sœurs, mais surtout auprès d'un Leslie Stephen despotique. On a souvent dit que la relation de Leslie avec Stella, sa manière sournoise de l'enfermer, de l'instrumentaliser et de tenter de l'empêcher de faire sa vie, avait déterminé l'engagement féministe de Virginia : elle observa durant deux ans, de 1895 à 1897, les ressources innombrables de la torture domestique, les ressorts du système victorien, destinés à entraver une jeune femme de vingt-six ans, elle en souffrit et elle se sentit coupable de son impuissance.

Stella mourut de péritonite en juillet 1897, peu après son mariage, au retour de son voyage de noces avec Jack Hills.

Comme si… Mais non, aucun « comme si ». Elle tenta de se marier, s'arracha aux chantages, aux simagrées et à la douleur de Leslie Stephen, épousa Jack Hills, sous les yeux éblouis de Virginia et Vanessa, qui découvraient à quinze et dix-huit ans la beauté de l'amour à travers le bonheur de leur demi-sœur. Puis elle mourut. Et cela parut impensable.

« La mort de Stella fut une catastrophe », écrit Virginia Woolf. Quand elle parle des « sept années malheureuses », de 1897 à 1904, elle évoque le dommage que lui ont infligé ces deux morts.

Elle le dit durement, sèchement, et puis elle se souvient d'un arbre sans feuilles, un squelette d'arbre dans une nuit d'été, et de la douleur de Jack Hills. L'arbre sans feuilles fut, pendant longtemps, l'arrière-plan de sa vie. La mort de sa mère était restée un chagrin latent.

« À treize ans on ne peut pas maîtriser cette peine. Mais la mort de Stella toucha une substance différente, celle d'un être dénué de protection, nu, craintif, réceptif, tourné vers l'avenir. Avec la mort de Stella, le second coup de la mort s'abattit sur moi, qui, tremblante, les yeux voilés, les ailes encore humides, était assise près de ma chrysalide brisée. »

Les demi-frères, les deux Duckworth, fils du premier mariage de Julia, ont fait couler beaucoup d'encre chez les exégètes de Virginia Woolf. Mieux vaut lui laisser la parole puisque le portrait de George écrit pour faire rire ses amis du Memoir Club* est, selon Maynard Keynes, ce qu'elle a écrit de mieux… Un commentaire qui la rendit folle de rage. Elle détestait qu'on la complimente pour ses écrits satiriques, sa veine caustique. Pour des choses qui lui paraissaient trop faciles.

« Si Père portait en lui les traits les plus marquants de son époque, on n'aurait pu trouver meilleur fossile de l'époque victorienne que George. Il avait très peu de cervelle et des émotions en abondance. Il était anormalement stupide.

Ses petits yeux bruns semblaient en permanence forer quelque chose de trop dur à pénétrer pour eux. Il jouissait de plus de mille livres de rente et la bonne société

---

* Groupe qui se réunit de 1920 à 1956 à l'initiative de Molly MacCarthy, et au sein duquel les treize membres, à tour de rôle, étaient invités à lire des textes autobiographiques. Il réunissait Virginia et Leonard Woolf, Vanessa et Clive Bell, Molly et Desmond MacCarthy, Lytton Strachey, John Maynard Keynes, Duncan Grant, Roger Fry, Edward Morgan Forster, Saxon Sydney Turner et Sydney Waterlow.

lui ouvrait grand les bras. De mille façons, il me faisait sentir qu'il avait foi en la société. Et moi je devais lui obéir parce qu'il avait pour lui l'autorité de l'âge, de la richesse et de la tradition. Le spectacle de George dans son fauteuil de cuir, décrétant des lois si instinctivement et sans hésitation, me fascinait. »

Et on retrouve bien là la révélation des mécanismes obscènes de la société patriarcale, tels qu'ils furent mis à nu après la mort de Julia. « Bientôt nous sortir devint une obsession pour lui. Je crois qu'on peut dire que George avait décidé de s'élever dans l'échelle sociale. Il aimait connaître des gens bien. »

Dans le récit du Memoir Club, Virginia Woolf revient longuement sur les chantages, les critiques, les cadeaux, les semonces et les caresses que lui prodigue George en une seule soirée.

« Les vieilles dames de Kensington ne se doutèrent jamais que George Duckworth n'était pas seulement un père, une mère, un frère et une sœur pour les pauvres petites Stephen, il était leur amant aussi. »

George et Gerald sont une sorte d'hybride à deux têtes du crétin victorien qui abuse de son pouvoir social et sexuel sans même y songer tant tout lui est dû. Tout, pour le Georgegerald, est social. Rien ne l'est pour Stella, la demi-mère. Se dessine une topographie des genres qui ne laisse pas beaucoup d'espoir aux filles d'homme cultivé que sont Vanessa et Virginia Stephen.

Ainsi les quatre demi-frères et sœurs de Virginia ont-ils occupé une place aussi sombre qu'immense dans ses années de jeunesse. Ils sont des caryatides menaçantes, Éros et Thanatos, des figures de rêve et de cauchemar.

Et puis il y a Vanessa, Thoby et Adrian, les figures permanentes de sa vie réelle et imaginaire. Thoby, le frère tant aimé de Virginia, a deux ans de plus qu'elle. « Ma vie depuis la plus tendre enfance était si proche de celle de Thoby et de Nessa que, pour me décrire, il faudrait les décrire aussi. »

Des pages qui suivent se dégage l'image d'un garçon lumineux et paisible.

« C'est lui qui me parla le premier des Grecs, voyant là quelque chose qui méritait d'être communiqué, et c'est encore lui qui me disait que tout est dans Shakespeare », écrit celle qui tous les matins de sa vie lut du grec et s'appuya sur les tragédies de l'homme en vert pour garder foi dans les mots.

Thoby est le frère aîné qu'elle jalouse à cause de la confiance illimitée qu'a mise en lui Leslie Stephen. Il est le protagoniste d'une des premières scènes que Virginia nomme chocs : « Je me bats avec Thoby sur la pelouse à St. Ives. Nous nous bourrons mutuellement de coups de poing. Alors que je lève la main pour le frapper, je pense : pourquoi faire du mal à quelqu'un ? Je laisse tomber ma main et reste plantée là, laissant Thoby me battre.

Je me rappelle ce sentiment, c'était un sentiment de tristesse sans remède. Comme la prise de conscience de quelque chose de terrible et de ma propre impuissance. »

Presque toutes les images volées de Thoby ont pour cadre la baie de St. Ives, le retour des sardiniers, les descentes au port, les courses à la nage, et beaucoup nous ramènent à *La Promenade au phare*. Le symbole suprême de la confiance paternelle, c'est la barre du bateau, ce bateau qu'elle nomme toujours le lougre.

Un jour, Thoby eut la permission de tenir la barre au retour.

« Montre-leur que tu es capable de ramener le bateau au port mon garçon ! lui dit mon père, toujours fier de Thoby et prêt à lui faire confiance. Thoby s'assit à la place du marin et prit la barre. Le visage rougi, les yeux bleus encore plus bleus, il resta à son poste, nous fit contourner le promontoire et entrer dans le port sans laisser la voile perdre le vent. Ces émotions sont intactes.

Un dessin est caché dans l'ouate. Cette idée influe sur moi chaque jour. Je sens qu'en écrivant, je fais ce qui est plus nécessaire que tout le reste. »

À cette histoire de retour au port, à ces images si puissantes, qui respirent la liberté et le bonheur, vient se superposer une autre histoire, celle d'un renoncement. On ne peut les penser l'une sans l'autre.

« Un jour après nous être attardés à louvoyer et hisser à bord grondins et carrelets, mon père me dit : la prochaine fois si tu veux pêcher, je ne viendrai pas. Je n'aime pas voir prendre le poisson. Mais tu pourras y aller si tu veux. Ce fut une leçon parfaite. Si violente qu'ait été ma passion pour la pêche, je m'aperçus que les paroles de mon père l'éteignaient peu à peu. »

Oui, une leçon parfaite. De ces changements de cap que l'on croit volontaires.

Mais c'est une de ces graines sans prix – puisqu'on ne peut tout expérimenter pleinement – grâce auxquelles il est possible de se représenter les expériences des autres, ajoute Woolf – et le sourire nous revient, remplace la grimace de tristesse qui étreignait le lecteur… On ne peut tout expérimenter pleinement, on ne peut expérimenter que si peu de choses. Souvent il faut se contenter de ces germes de ce qui aurait pu être, si la vie avait été différente.

Thoby partit à Cambridge. Ses sœurs n'y allèrent pas. Le garçon aimait à décrire ses nouveaux copains. Il le faisait merveilleusement bien. Il fut le passeur.

C'est Thoby qui les présenta, elle et Vanessa, à Lytton Strachey, Clive Bell, Leonard Woolf, Morgan Forster et Maynard Keynes. Il fut à l'origine du cercle de Bloomsbury et des principales rencontres intellectuelles et amicales de Virginia Woolf.

« Il eût probablement régné en grand roi », dit-elle, reprenant les mots de l'oraison funèbre de Hamlet.

Virginia Woolf a du mal à parler de Thoby, elle ricane. « Pourtant je suis une professionnelle ! Mais c'est aussi qu'autour de lui toujours flotte la campagne, les papillons, les oiseaux, les routes boueuses, les bottes boueuses, les chevaux. Il faudrait tout mettre. » Elle essaie d'imaginer ce qu'il serait devenu à soixante ans, une personnalité distinguée, mélancolique, indépendante, trop anticonformiste pour être un personnage de premier plan. « Ces paroles résonnent comme un glas, rien n'aurait pu nous faire pressentir qu'il mourrait à vingt-six ans. »

Car elle est obsédée par la marche paradoxale du temps, par le fonctionnement des souvenirs, par la falsification de la mémoire qui recouvre l'image, du voile mensonger de ce que l'on en a su après.

Vanessa, son aînée de trois ans, ressemble souvent à une jumelle, quand Virginia Woolf l'évoque.

« Je me souviens de l'immensité et du mystère du pays sombre qui s'étendait sous la table des enfants. Là, je rencontrai Vanessa dans une pénombre cernée par la lumière du feu et peuplée de jambes et de jupes.

Nous dérivions de conserve tels des navires scellés sur un vaste océan et elle me demanda si les chats noirs avaient une queue. Je répondis non. Il y eut dorénavant entre nous la conscience vague que l'autre offrait d'intéressantes possibilités. Et que les plus grandes satisfactions viendraient de choses impersonnelles. »

C'est un moment inoubliable, qui a la force des serments. La dernière phrase surtout résonne incroyablement. D'autant que le chat noir sans queue est une figure énigmatique qui surgit plusieurs fois dans des textes où un chat noir n'a vraiment rien à faire. Il est là, comme dans le bas de certains tableaux, pour exprimer ce qui ne peut être dit autrement. Une appartenance secrète et inassignable.

Ce moment contredit l'affirmation mille fois répétée qu'à propos de Vanessa, Virginia ne peut procéder comme à son habitude en trouvant une scène, parce que leur relation est trop profonde, trop indémêlable, trop complexe aussi. Dans ses livres, dans ses essais biographiques, Vanessa est partout, elle n'est nulle part. Elle est aussi Mrs. Ramsay, et elle est la maternelle Susan des *Vagues*, elle est l'indépendante Katharine Hilbery et Helen Ambrose, protectrice et généreuse, elle apparaît dans *Mrs. Dalloway*, oui, sans doute, oui et non, elle fut là tout le temps, et pourtant, comme le dit Virginia Woolf, que puis-je dire de ma sœur, nous ne savons rien de ceux que nous aimons.

Les commentateurs, eux, ne se sont pas privés de disserter sur l'amour, la jalousie, les rivalités, les rapports de force et de domination entre les deux sœurs. Le peintre et l'écrivain, l'aînée silencieuse, honnête, implacable, et très belle, jeune reine alourdie dans ses robes rituelles. Et l'autre, l'agitée, la maigrichonne petite chèvre. Toujours opposées, toujours à se partager le monde, et les qualités disponibles, comme l'on fait dans toutes les familles, car si l'une est ceci, alors l'autre doit être cela.

Le premier essai d'*Instants de vie* évoque précisément cette aînée de trois ans. Il est adressé à Julian Bell, le fils de Vanessa et Clive Bell. Pour mieux dire, pour garantir son objectivité, Virginia l'appelle « ta mère ». Le reste du temps, elle dit « nous ».

« Il advint donc que Nessa et moi en vînmes à former une étroite coalition.

Dans cet univers peuplé d'hommes qui allaient et venaient dans la grande maison, nous créâmes un petit centre délicat de vie intense. Nous façonnions ensemble l'angle personnel sous lequel regarder le monde. »

Quand elle évoque ces années d'avant le mariage de sa sœur en 1907, Virginia constate : « Trois heures durant, de 10 h à 13 h, Vanessa dessinait ou bien peignait un portrait à l'huile d'un modèle masculin aux airs dramatiques. Moi je lisais et j'écrivais.

Trois heures durant, nous habitions le monde que nous continuons à habiter. »

Quand elle écrit cela, en novembre 1940, elle aime à se dire que quarante années ont coulé, et que pourtant tout est pareil : « Nessa est en train de peindre et moi j'écris dans la pièce du jardin. »

Le temps parfois ne s'égoutte plus.

Il reste Adrian, le plus jeune, et le moins présent dans la vie et les livres de sa sœur. Il était le préféré de sa mère, et en même temps « un Stephen pur et dur », exigeant, critique, raffiné, dépressif. Virginia le trouvait barbant, et ils ne s'entendirent guère durant les années où ils durent cohabiter, dans la maison de Fitzroy Square, claquant les portes, partant bouder chacun de son côté, quand ils ne s'envoyaient pas des morceaux de beurre à la figure. Ils étaient jaloux l'un de l'autre. Adrian avait été l'amant de Clive Bell, qui comptait tant pour Virginia et allait épouser Vanessa.

Adrian n'était pas si conventionnel qu'on s'est plu à l'imaginer. C'est lui qui conçut le canular du Dreadnought, le plus célèbre des exploits subversifs du groupe de Bloomsbury, au cours duquel frère, sœur et amis se firent passer pour l'ambassadeur d'Abyssinie et sa suite auprès des autorités britanniques. Adrian y jouait le rôle important de l'interprète barbu. Une histoire que Virginia aima toujours à raconter.

Il renonça assez vite au droit, épousa une Américaine, Karin Costelloe, que le reste de la famille n'appréciait guère, et se lança dans une psychanalyse, avant de devenir analyste.

C'est une silhouette toujours lointaine, et toujours proche, qui traverse la vie de Virginia Woolf, la silhouette d'un jeune homme qui a bien manqué être écrasé par le reste de sa fratrie, par les deuils qui l'ont frappé enfant, mais qui touche par sa droiture et sa réserve. Il est celui qui s'est tenu à l'écart de la création.

Du côté de Bloomsbury

Il y a là-bas un type étonnant qui s'appelle Bell, expliqua Thoby à son retour de Cambridge. C'est une espèce de mélange de Shelley et de gentilhomme campagnard sportif, il n'est pas très cultivé, mais quand il découvre la poésie, plus rien ne l'arrête, il devient fou et n'ouvre plus la bouche que pour réciter des poèmes de Yeats et de Shelley. Et puis il y a Lytton Strachey, dit le Strache. La culture même.

Bloomsbury, ce sont avant tout les jeudis de Bloomsbury, ou la vie légère et palpitante des sœurs Stephen après la mort de leur père en 1904 et jusqu'au mariage de Vanessa avec ledit Clive Bell, en 1907.

Pour décrire leur maison du 46, Gordon Square, la joyeuse vie qu'on y menait, toutes conventions jetées par-dessus les moulins, une vie consacrée à oublier les contraintes de la précédente, à discuter, à fumer, à boire du café et du whisky, à changer le monde, à vivre le plus abstraitement possible, à chercher la meilleure définition de la beauté en soi, et à peindre les murs de couleurs vives, Virginia repense à une scène minuscule.

« La porte s'ouvrit, la longue et sinistre silhouette de Lytton se tint sur le seuil. Il montra du doigt une tache sur la robe blanche de Vanessa.

– Du sperme ? dit-il. Et tout le monde éclata de rire. »

Il n'y avait rien qu'on ne pût dire, rien qu'on ne pût faire au 46, Gordon Square. C'était la vie des étudiants, une vie à laquelle Vanessa et Virginia n'avaient pu avoir accès et que leur offraient les amis de Thoby, qui étaient devenus leurs propres amis.

Cela ne pouvait durer toujours, mais cela influença profondément leurs vies à tous. Et les jeudis de Bloomsbury, ces soirées que déplorait totalement Henry James – les filles de son ami Leslie avaient vraiment des fréquentations détestables – devinrent un mythe.

À propos des copains de son frère, Virginia n'est jamais en mal de remarques élogieuses. Du genre : je n'avais jamais vu de jeunes gens aussi miteux, aussi dépourvus de beauté physique, et c'est justement ce côté minable qui était une preuve de leur supériorité.

Arrive bientôt Roger Fry, les poches pleines de livres, de pinceaux, de boîtes de peinture, d'objets divers. Roger, avec qui la première discussion porte sur le *Marie-Claire* de Marguerite Audoux. Et Duncan Grant, une sorte de clochard-peintre qui semble ballotté au gré du vent mais atterrit exactement où il veut. Morgan

Forster, papillon bleu pâle, toujours effrayé, toujours entre deux trains, et Maynard Keynes, léonin, tolstoïen et implacable.

La bande est constituée.

Il y a enfin Leonard Woolf. Un type qui tremble de la tête aux pieds. Thoby prétend que c'est à cause de sa nature si sauvage, si violente, à cause de sa manière de détester le genre humain.

Comme on le voit de manière si saisissante au fil des chapitres des *Vagues*, le temps passe. Ce qui était exaltant au jour des commencements devient ennuyeux. Les tensions grandissent, et les gens changent.

« Pourquoi les amitiés les plus stimulantes sont-elles aussi les plus démoralisantes ? se demande Virginia Woolf. Pourquoi tous ces jeunes gens vous faisaient-ils sentir que vous ne pouviez compter pour de bon ?

C'est qu'il n'y avait pas d'attirance physique entre nous. » Combien de fois cette scène s'est-elle rejouée au fil des décennies ? Des jeunes filles croient découvrir enfin une sorte d'égalité avec des garçons homosexuels, qui libère parce qu'elle n'oblige plus à se soucier des convenances – on est à l'aise, on est d'accord pour s'en prendre aux vieux schnocks patriarcaux et phallocrates – et puis il manque quelque chose, on ne peut pas « faire l'intéressante comme disent les gouvernantes ».

Ce qui manque, ce sont les jeux du désir.

La malédiction du miroir est une malédiction mortelle pour Virginia. À Talland House, raconte-t-elle, il y avait un petit miroir dans le hall. Vers sept ans, elle prit l'habitude de s'y regarder. Mais ce geste s'assortit immédiatement de honte et de culpabilité. Vanessa et Virginia étaient des garçons manqués. Se regarder était un manquement au code viril, mais plus gravement au code secret du puritanisme qui enjoint aux filles de se méfier de leur image.

« Nous étions belles, et nous aimions la beauté et on nous avait appris à l'aimer. Sauf pour ce qui concernait notre corps, les robes, les tissus, les atours, sauf pour ce qui concernait notre visage, s'étonne-t-elle, regardant non plus dans le miroir mais dans le rétroviseur. Cela m'amène à penser que mon amour de la beauté a dû être freiné par quelque terreur ancestrale.

Cela prouve que Virginia Woolf n'est pas née le 25 janvier 1882, mais des milliers d'années auparavant, et qu'elle a dû affronter dès le début des instincts acquis par des milliers d'aïeules par le passé. »

« Un miroir dans le hall. J'ai rêvé que je me regardais, quand un horrible visage, une tête d'animal, est apparu derrière mon épaule. Jamais je n'ai oublié l'autre visage. »

Le hall, encore, et ses fantômes : « Il y avait une sorte de console. Une fois, j'étais encore toute petite, Gerald me hissa dessus et se mit à explorer ma personne. Je me rappelle encore la sensation de sa main s'insinuant sous mes vêtements. Je me suis sentie rebutée, offusquée, et cela prouve qu'un sentiment concernant certaines parties du corps qu'il ne faut pas laisser toucher doit bien être instinctif. »

Les miroirs, tous les miroirs, à l'instar du petit miroir du hall de Talland House, parlent d'autre chose que de l'apparence, ils parlent de peur, de solitude, de violence. Ils sont bouche de vérité, une bouche qui crache la mort.

L'héroïne de « La dame dans le miroir », une nouvelle de 1927, donc contemporaine de *La Promenade au phare*, est une femme de cinquante-cinq ou soixante ans. Elle sort cueillir des fleurs, une branche de clématite, un volubilis. Comme Mrs. Dalloway décidant de se charger des fleurs. Comme Mrs. Ramsay contemplant ses dahlias, ou Lily Briscoe devant son jacmana. On a apporté des lettres. Le courrier est ce qui vous donne la certitude d'exister, la pile de lettres vous est adressée, on a pensé à vous, cela vous donne une existence objective. Il y a des tournesols dans le hall, encore les fleurs qui attestent le rapport au monde, la présence de la beauté, et de l'être. Isabella, la narratrice, monologue sur le fait que nous ne la connaissons pas, que nous ne la connaîtrons jamais, elle est riche, sans doute, bien vêtue, elle pense à aller visiter les voisins, elle est seule, dans son salon plein d'ombres, au milieu des beaux tapis et des potiches persanes bleues. Elle fréquente des dîners, elle fait des visites, elle repense à des conversations, à des amours qu'elle a connues, le vêtement de la vie. Elle est indifférente, elle est heureuse. Elle coupe une tige de clématite, elle pense à la vanité des choses, elle est toute de grâce.

Elle se voit dans le miroir de l'entrée.

Le miroir soudain déchire le voile flottant de vie, de rêves, la chair douce de la vie en société, la protection misérable du sourire d'une commerçante.

« Tout la quitta, nuages, robe, paniers, tout ce qui avait fait office de lierre et de volubilis. Il n'y avait rien, Isabella était vide. Ne pensait à rien, n'avait pas d'amis, ne se souciait de personne. Quant aux lettres, toutes des factures. Regardez-la, vieille, anguleuse, veinée, ridée, avec son nez fier et son cou flétri. »

Isabella s'est regardée dans le miroir.

Le miroir incarne la crudité de la vie qui s'écoule barbare. L'éclairage trop brutal. L'absence d'amour.

On a souvent accusé Virginia Woolf de ne rien connaître à l'amour, d'être asexuelle, puritaine, évanescente, consacrée à son art, et caparaçonnée dans ses malheurs, et sa folie. L'amour, et paradoxalement l'amour dans le mariage, est pourtant merveilleusement mis en scène dans une nouvelle à peu près inconnue, « Lappin et Lapinova ».

Rosalind vient de se marier avec Ernest, dont elle n'aime guère le prénom. Heureusement elle se dit qu'il ne ressemble pas à son prénom. Il ressemble à un lapin. Elle l'aime soudain parce que sans le savoir il fronce du nez. Alors il fait exprès de froncer le nez, et tous deux rient à gorge déployée. Et lui, bientôt, la voit ainsi : yeux protubérants, petites pattes qui pendillent et tremblotent – Lapinova. Ils s'aiment. Ils sont roi et reine d'un monde secret entièrement peuplé de lapins, et personne autour d'eux ne doit savoir que ce monde commun et magique existe. Et souvent Rosalind se demande comment elle survivrait sans ce monde-là. Dans les dîners mortels dont sa belle-famille s'enorgueillit, elle peut soudain revenir à la vie en métamorphosant la table dorée en lande couverte d'ajoncs, et transformer les convives si terrifiants en furets au museau tout crotté, elle est sauvée.

Mais un soir, Ernest rentre du bureau et elle lui dit : Ô roi Lappin, je traversais le ruisseau…

Arrête de dire des idioties, Rosalind, dit Ernest.

Ils se disputent bientôt. Le royaume a disparu.

Elle se roule en boule dans un coin du lit, comme un lièvre apeuré. Au matin elle ne reconnaît plus sa vie, comme si elle avait perdu quelque chose, comme si son corps avait rapetissé, s'était durci, avait noirci. En se regardant dans la glace, elle a le sentiment que ses yeux sortent de sa tête comme les raisins d'un petit pain. Elle essaie de faire revivre la lande, le ruisseau, le bois, mais Lapinova a disparu.

Le jeu est fini. L'amour est mort.

« Et c'est la fin de ce mariage-là », conclut Virginia Woolf.

Elle y réfléchissait depuis un bon moment, à cette manière que les mariages ont de finir, parce qu'on ne sait plus jouer.

Comment Virginia Stephen
est devenue Virginia Woolf

Virginia Stephen a trente ans. On la croit condamnée au célibat. Mais, en 1912, elle épouse Leonard Woolf, l'homme qui sera son compagnon durant les trente années suivantes.

LE FONCTIONNAIRE COLONIAL

Leonard Woolf est l'un des neuf enfants de Sydney Woolf – avocat, Juif libéral, homme cultivé et intelligent – et de Marie de Johng, femme émotive et légèrement accaparante. Bien qu'ayant fréquenté Cambridge, il se sent, comme il le note lui-même, différent des membres de l'intelligentsia bourgeoise et aristocratique à laquelle appartiennent ses condisciples, tels que Lytton Strachey, Clive Bell ou Thoby Stephen : « J'étais exclu de ce milieu, parce que, même si moi, et mon père avant moi, nous appartenions aux professions libérales, nous venions à peine d'émerger de la classe des boutiquiers juifs. Nous n'avions pas de racines dans la bourgeoisie. »

Après des études peu brillantes, il rate les examens de la fonction publique et s'oriente vers le service colonial. En 1904, il part pour Ceylan, désespéré de quitter ses amis et de n'avoir pour autre perspective que de vivre et mourir « dans ces pays atroces ». Il se prend cependant au jeu et devient un excellent administrateur, parlant tamoul et cinghalais, sans toutefois être complètement dupe du système. Il se décrit comme « de plus en plus ambivalent, politiquement schizophrène, un anti-impérialiste qui jouissait des délices de l'impérialisme ».

De retour à Londres pour un congé d'un an en 1911, il renoue avec ses anciens camarades de Cambridge, en particulier Lytton Strachey, qui a de grands projets pour lui. Guidé par ce dernier, Leonard Woolf commence à faire la cour à Virginia Stephen, dont il a bien connu le frère. Il dit avoir admiré la beauté de Thoby, qu'il retrouve davantage dans les traits de Vanessa que dans ceux de Virginia. Mais qu'importe, après quelques promenades en tête à tête et des soirées à l'Opéra, il finit par succomber au charme de « la chèvre ».

La scène se présente ainsi : un homme d'une trentaine d'années, croyant sa vie fichue et ses espoirs réduits à l'exil asiatique, et une presque vieille fille (selon les critères de l'époque) collectionnant les amours impossibles et refusant systématiquement les demandes en mariage. « Être célibataire à vingt-neuf ans, écrit-elle, être une ratée sans enfants, démente, en plus, pas même écrivain » n'est pas drôle tous les jours.

Le couple idéal, en somme. Lytton Strachey, ancien soupirant, encourage son ami Leonard à se lancer dans la conquête. Vanessa, la sœur aînée, sans doute lassée d'être tant enviée et si souvent appelée à l'aide par sa cadette, fait de même, espérant sans doute se libérer d'une pesante culpabilité.

Ça n'aurait jamais dû marcher. Et pourtant.

Son locataire

Après la mort de leur père, les enfants Stephen ont emménagé dans une maison située au 46, Gordon Square, inaugurant ainsi une série de résidences dans le quartier de Bloomsbury. Lorsque Vanessa épouse Clive Bell, le couple conserve Gordon Square, tandis que Virginia et son frère, Adrian, s'installent au 29, Fitzroy Square, puis au 38, Brunswick Square qu'ils partagent avec Duncan Grant et Maynard Keynes.

C'est tout naturellement comme locataire que Leonard entame ses années de vie commune avec Virginia. Dans un courrier daté du 2 décembre 1911, elle indique au nouveau venu le montant du loyer et les horaires des repas ; elle précise, en post-scriptum, que la chambre qui lui a été attribuée comporte une bibliothèque.

Leonard Woolf occupe l'appartement le moins cher, au sommet de la maison, il envisage de donner sa démission aux affaires coloniales. Peut-être est-il déjà en train de revenir sur une déclaration profondément pessimiste, qu'il faisait dans une lettre datée de 1907 : « Quant au bonheur, je ne crois pas être jamais heureux, même en Angleterre. »

SON MARI

Le 11 janvier 1912, Leonard Woolf demande la main de sa propriétaire, Virginia Stephen. Il se prépare à l'échec et c'est lucide de sa part, car la jeune femme est loin d'être assommée par la puissance du coup de foudre. Elle réfléchit, craint beaucoup de le décevoir. Elle lui écrit : « J'ai parfois l'impression que personne n'a pu ni ne pourra jamais partager quelque chose. C'est à cause de cela que vous me trouvez semblable à une montagne ou à un rocher. […] Je dois vous donner tout, et si je n'y parviens pas, le mariage ne serait qu'un second choix pour vous comme pour moi. »

Le mariage, en lui-même, ne lui dit rien. On se range et voilà que sonne le glas de l'enfance et de la liberté.

Dans une lettre à Vanessa, elle explique que l'idée du couple ne l'enchante guère à cause de la lenteur qu'il implique. Comment garder la même allure alors que l'on est deux, que l'autre pèse de tout son poids ? Dix ans plus tôt, elle avait confié à son amie Emma Vaughan : « La seule chose qui compte en ce monde, c'est la musique – la musique, les livres et un ou deux tableaux. Je vais fonder une colonie où le mariage n'existera pas – à moins que l'on tombe amoureux d'une symphonie de Beethoven. » C'est pourquoi elle propose à Leonard le pari suivant : « Nous aspirons tous deux à un mariage formidablement vivant, toujours en vie, toujours chaud, non pas mort et facile comme la plupart des mariages. Nous attendons beaucoup de la vie, non ? Peut-être l'obtiendrons-nous, ce qui serait splendide. »

Jusqu'où va se nicher le perfectionnisme ? C'est un défi que se lance Virginia. Fonder un couple différent, différent de celui de ses parents, différent de celui de sa sœur. Quelque chose d'inédit, d'égalitaire, de moderne. Elle exige que l'aventure naisse de l'institution la plus sclérosée qui soit.

Sept ans après avoir épousé Leonard, elle note dans son *Journal* – et c'est la dernière ligne de l'année 1919 : « Nous sommes le couple le plus heureux d'Angleterre. » Cette déclaration ne sera jamais démentie. Le dernier écrit de sa main, datant du 28 mars 1941, est une lettre qu'elle adresse à Leonard avant d'aller se jeter dans l'Ouse. « Je veux te dire que tu m'as donné un bonheur total. Personne n'aurait pu faire ce que tu as fait. […] Personne n'aurait pu être aussi bon que tu l'as été. Du tout premier jour jusqu'à aujourd'hui. Tout le monde le sait. »

Son Juif

Hermione Lee, la biographe de l'écrivain, rapporte que Virginia Woolf appelait Leonard « mon Juif » et qu'à table elle disait volontiers : « Donnez sa nourriture au Juif. »

Certains esprits chagrins croient bon, à cette occasion, d'agiter le drapeau de l'antisémitisme (pourquoi l'agite-t-on si souvent à contretemps ?). C'est tellement bête qu'on pourrait décider de ne pas en parler, mais c'est grave, déplaisant, et l'on se dit qu'il est urgent de balayer ce malentendu.

En juin 1939, Virginia Woolf note dans son *Journal* : « Je me dis : la capitulation signifiera que tous les Juifs devront être livrés. Camps de concentration. Alors nous irons au garage. » Elle envisage un double suicide pour échapper à la déportation, parce que son mari est juif, parce qu'elle-même se sent juive.

Virginia est pourtant capable de dire et d'écrire des choses comme « Ils sont là, neuf Juifs qui, tous, Leonard étant l'unique exception, auraient pu être noyés sans que le monde s'en porte plus mal ». Dans sa jeunesse, elle partagea les préjugés propres à sa classe, se lia d'amitié avec ceux qu'elle appelait les néopaïens, jeunes amoureux de la nature qui affichaient un antisémitisme méthodique. Cependant, et contrairement à eux, chez qui la haine persista, elle tenait ce genre de propos avec la même naïveté que celle qui lui faisait déclarer dans son *Journal* au sujet de la domesticité : « Mais la faute en incombe au système qui consiste à enchaîner deux jeunes femmes dans une cuisine pour qu'elles y paressent, y travaillent et tirent leur vie de celle de deux personnes au salon. »

Pas de mascarade, elle dit ce qu'elle pense, ou plutôt croit penser, car elle est la première à remettre en question ses paroles inconsidérées et à dénoncer son étroitesse d'esprit. C'est ce qui fait son charme, c'est aussi ce qui la fragilise car, malgré sa susceptibilité, elle ne songe jamais à se protéger derrière des formules convenues. Pas l'ombre d'une tactique. Pas la moindre tentative de séduction.

En septembre 1920, elle note dans son *Journal* : « Il y a longtemps que je veux écrire une étude sur le retour de la paix. Car, vieille, Virginia sera confuse à la pensée qu'elle n'était qu'une bavarde, qui parlait toujours des gens et jamais de politique. » À quelques mois de là, en février 1921, elle déplore : « Et puis la faculté de saisir la portée des lois – de la Constitution tchécoslovaque, par exemple – est-elle une faculté importante ? En tout cas elle ne m'a guère été octroyée. »

C'est avec le même naturel désarmant qu'elle exprime le sentiment de stupeur qu'elle éprouve face à l'exotisme de Leonard, mais surtout de la famille Woolf dans son ensemble, en particulier lorsqu'ils offrent en cadeau « une tranche de poisson en faux cuivre ». Ils appartiennent à une classe différente et ne partagent pas ses canons esthétiques. Ils la rendent curieuse. Ils l'agacent, ils l'exaspèrent parfois, et c'est avec humour qu'elle dresse le portrait de sa belle-famille.

Un humour qui lui joue des tours.

Cela ne l'empêche pas de s'indigner du racisme de certaines de ses fréquentations. Ainsi, dans une lettre à sa sœur datée de février 1919, elle s'en prend à lady Cromwell, laquelle se plaignait que les Juifs russes fussent partout et s'apprêtassent à décimer les bons citoyens anglais. Virginia déclare avoir été sur le point de s'autoproclamer juive russe dans la seconde, mais confie avoir gardé cette provocation pour une prochaine rencontre.

Quant à Leonard, il apparaît davantage comme un produit de Cambridge que comme l'héritier d'une culture religieuse, même s'il ne nie jamais ses origines. C'est un jeune homme extrêmement intelligent, d'une grande délicatesse, mais violent aussi. Dans « Le vieux

Bloomsbury », une des conférences que Virginia Woolf donna au Memoir Club, l'écrivain évoque son plus ancien souvenir de Leonard.

Nous sommes en 1904, elle n'a pas encore rencontré celui qui deviendra son mari. Son frère Thoby lui parle de ses amis et termine par Leonard, un garçon original, parcouru de tremblements, aussi remarquable à sa façon que Bell et Strachey. Un Juif.

Virginia veut savoir pourquoi il tremble. Il refuse de s'accommoder de la médiocrité du monde, répond Thoby qui trouve cela sublime, et Virginia, sa sœur, avoue des années plus tard : « J'éprouvais bien entendu le plus profond intérêt pour ce violent, ce tremblant misanthrope juif qui avait menacé du poing la civilisation et allait disparaître sous les tropiques, si bien qu'aucun de nous ne le reverrait plus. »

Leonard Woolf n'appartient pas à la bonne société londonienne. Virginia Stephen est goy. Leur union est une mésalliance. Peut-être est-ce l'un des secrets d'un mariage réussi.

Son éditeur

Lors du trente-troisième anniversaire de Virginia Woolf, Leonard et elle évoquèrent l'idée de se procurer une presse. Quelques mois plus tard, ce fut chose faite et leur carrière d'éditeurs s'ouvrit avec la publication de deux nouvelles « écrites et imprimées par Virginia Woolf et L. S. Woolf » (ainsi qu'il était porté sur la couverture).

« La marque sur le mur » et « Trois Juifs » constituaient le premier volume de la Hogarth Press.

Avant cela, Virginia Woolf avait été publiée par son demi-frère, Gerald Duckworth, qui avait édité *La Traversée des apparences* en 1915 et son deuxième roman, *Nuit et Jour*, en 1919. On ne peut s'empêcher de se demander ce qui serait advenu de la carrière d'écrivain de Virginia si elle n'avait eu l'occasion de se détourner de ce premier éditeur. Outre que Gerald se montrait froid et plutôt distant avec elle, leur relation était compliquée par le fait qu'il avait, comme son frère aîné, George, abusé d'elle alors qu'elle était enfant.

La Hogarth Press marque un nouveau départ dans la vie des Woolf. C'est aussi l'inauguration d'un rapport inédit entre les deux époux. Virginia écrit et Leonard lit. Même si Leonard écrit aussi de son côté, publiant plusieurs essais et œuvres de fiction, les rôles sont assez clairement définis. Leonard sait que Virginia est un génie, alors qu'il se considère lui-même comme quantité négligeable, ainsi qu'il l'écrit à la fin de son autobiographie : « Le monde d'aujourd'hui et l'histoire de la fourmilière humaine durant les cinquante-sept dernières années seraient exactement les mêmes si j'avais joué au ping-pong… »

Dès que Virginia termine un roman, Leonard s'en empare et le lit, à toute vitesse mais aussi très attentivement. Elle attend son jugement, le redoute, espère un miracle. Chaque fois, le miracle a lieu. Leonard sort de son bureau et s'exclame : C'est excellent. Un chef-d'œuvre. Ce que tu as écrit de mieux. Chaque fois, elle le croit. Mais après tout, peut-être est-ce vrai.

La Chambre de Jacob est le premier roman de Virginia à être publié par la Hogarth Press. C'est, selon elle, une œuvre expérimentale dont elle admet fort bien qu'elle puisse troubler ou ne pas être comprise ; toutefois, ce genre de considération n'entre pas en compte dans la décision de faire paraître un livre chez ces éditeurs hors du commun.

Malgré des difficultés récurrentes (personnel insuffisant, commandes trop nombreuses, manque de moyens), ils ne renonceront jamais à l'outil de travail étonnant que constitue la presse. Acquise au départ pour occuper Virginia et apaiser ses troubles psychologiques, elle apparaît très vite, à l'un comme à l'autre, pour ce qu'elle est en réalité : un irremplaçable instrument de liberté.

Dans *Les Vagues*, Virginia Woolf nous offre un portrait de Suzanne qui pourrait aussi bien être celui de Leonard : « Suzanne était née pour être adorée des poètes, car les poètes ont besoin de sécurité : ils ont besoin d'une femme qui reste assise à coudre, qui aime,

ou qui hait passionnément, qui n'est ni particulièrement agréable, ni particulièrement riche, mais qui s'accorde par certaines de ses qualités à cette simple et
haute beauté, à ce grand style que les poètes préfèrent à
tout. »

Au médaillon ordinaire sur lequel s'affichent les sourcils froncés du grand poète en premier plan et le sourire
paisible de son épouse, au second, répond ce camée
inversé où le visage, tantôt farouche, tantôt cinglé, de
la poétesse occupe presque tout l'espace, tandis que,
dans le fond, l'éditeur, l'époux, l'infirmier compte les
caractères, les années, les cachets.

Son infirmier

Dans un texte consacré à Virginia Woolf, Cynthia
Ozick, romancière et essayiste américaine, dresse le portrait de ce couple peu ordinaire. Elle décline, pour ce
faire, une série de légendes caractérisant leur relation,
comme « Le Juif et la crème de l'establishment britannique » ou « Le moine et le poète ». Et tente, entre autres
choses, de comprendre et d'analyser les conditions de
possibilité d'une union aussi stable et aussi durable entre
deux êtres évoluant au cœur de Bloomsbury, capitale du
bohémianisme, bastion de la liberté sexuelle, laboratoire
de toutes les trahisons et de tous les excès.

L'une des hypothèses proposées par Cynthia Ozick est résumée dans le titre *A Mad Woman and her Nurse* (La folle et son infirmier). « Ma folie m'a sauvée », écrit Virginia dans une lettre à Jacques Raverat. Elle explique à son ami que tous les enfants Stephen sont difficiles, froids, compliqués, critiques et armés d'un goût trop sûr. Être sain d'esprit aggrave encore les choses. Ce qu'elle appelle sa folie lui permet de concilier la vie communautaire aux mœurs débridées de Bloomsbury avec un certain puritanisme – induit ou non par les violences sexuelles subies dans l'enfance. Elle sait qu'en choisissant Leonard, elle sera à l'abri des menaces psychologiques et de la tentation d'une vie déréglée qu'elle n'aurait pas supporté. « Ayant été élevée comme une puritaine (c'était la tendance qui dominait, mais j'ai quand même bénéficié d'une arrière-grand-mère française pour adoucir tout ça), je me réchauffe les mains aux charbons ardents de ces hommes flamboyants. Souvent je me dis que j'aurais aimé épouser un chasseur de renards. » L'homme flamboyant qu'elle évoque dans cette autre lettre à Jacques Raverat est Clive Bell, le mari de Vanessa avec qui elle eut une idylle platonique.

Tout en étant attirée par des hommes de son acabit, elle s'en méfie, sentant qu'ils représentent un danger. Au chasseur de renards, au macho, au coureur de jupons, elle préfère celui qu'elle appelle sa « mangouste » et qui, avec tout le sérieux que l'on reconnaît à son animal emblématique, est seul capable de tordre le cou au serpent et de veiller sur elle. Quant à Leonard, il ne se sent pas particulièrement à l'aise dans le climat de libertinage propre à leur communauté ; il est donc salutaire pour lui de pouvoir se retrancher dans un dévouement excessif à son épouse, que justifie son extraordinaire fragilité.

Outre l'« arrangement » que ce mariage constitue pour les deux partenaires, Cynthia Ozick met en lumière une particularité dans l'attitude de Leonard qui retient davantage son attention : la conscience de vivre aux côtés d'un génie littéraire et la responsabilité qu'elle implique.

Les crises graves ne constituaient pas – loin de là – le quotidien des Woolf, mais leur mariage avait été presque aussitôt suivi d'une dépression longue et violente qui ne devait cesser de menacer leur commune tranquillité d'esprit. Il existait une sorte de marché tacite entre Leonard et Virginia que pourrait résumer le dialogue suivant :

V. : D'accord, je suis folle, mais j'écris les plus beaux livres qui soient.

L. : Je sais que je t'embête avec toutes mes recommandations, mais c'est pour le bien de l'œuvre.

Il arrivait que Virginia s'insurge contre les soins excessifs et les restrictions imposées par Leonard. Cependant, les lettres s'étalant entre décembre 1913 et juin

1914 (au plus noir de la dépression) rendent justice à cette relation complexe, mais remarquablement égalitaire.

« Immundus Mongoosius Felicissimus, je pourrais écrire cette lettre dans un beau latin d'argent, mais alors mon petit tas de fourrure poussiéreux et perfide ne pourrait la lire. Cela te rendrait-il très vaniteux si je te disais que je t'aime davantage que jamais depuis que je t'ai pris à mon service, et que je te trouve beau et indispensable ?

Je soussignée, Mandrill Sarcophagus Felicissima var. Rarissima, rerum naturae simplex (alias Virginia Woolf), jure que, les 16, 17 et 18 juin, 1/ je reposerai sur le dos, la tête sur les coussins, pendant une demi-heure après le déjeuner ; 2/ je mangerai exactement autant que si je n'étais pas seule ; 3/ je serai couchée à 22 h 25 chaque soir et je m'endormirai aussitôt ; 4/ je prendrai mon petit déjeuner au lit ; 5/ je boirai un plein verre de lait le matin ; 6/ dans certaines circonstances, je me reposerai sur le sofa, ne me promènerai ni dans la maison ni dehors, jusqu'au retour de l'animal illud miserrisimus, mangoustus communis ; 7/ je serai sage ; 8/ je serai heureuse. Signé : Mandrill Sarcophagus Felicissima var. Rarissima, r.n.s. V. W. 16 juin 1914. Et je jure avoir respecté chacun de ces engagements. Signé : Mandrill Sarcophagus F. V. R. R. N. S. V. W. 19 juin 1914. »

La malade s'amuse, la malade est consentante.

À la lumière de ce partage des rôles, le suicide de Virginia Woolf apparaît presque comme une dénonciation du contrat. Elle craignait de perdre à nouveau la raison et d'imposer d'intolérables souffrances à Leonard. « Je sens que je suis allée trop loin cette fois pour revenir », écrit-elle à sa sœur quelques jours avant la noyade, mais le pire, le plus intolérable, c'est l'idée qu'elle ne parviendra pas, cette fois, à écrire pour se racheter. La Seconde Guerre mondiale s'est installée, la barbarie semble l'avoir emporté, l'avenir est englouti par un présent monstrueux et vorace. Virginia y voit la fin d'un monde. Comment écrire si le futur n'existe pas ?

Les lettres, ce sont nos étais, nos tuteurs. Elles tissent la trame de nos jours et font de la vie une sphère parfaite. Et pourtant, et pourtant... quand nous dînons en ville, que nous serrant le bout des doigts nous exprimons l'espoir de nous revoir bientôt, ici ou ailleurs, un doute s'insinue ; est-ce bien la façon d'employer nos jours ? Si comptés, si limités, leur distribution si rapide – à prendre le thé ? à dîner en ville ? Et les billets s'accumulent. Et les téléphones sonnent. Et partout où nous allons, des fils de fer et des tubes nous entourent, porteurs de voix qui tentent de pénétrer avant que soit distribuée la dernière carte, que c'en soit fait de nos jours.

V. W.

Sans lettres, la vie éclaterait
en morceaux

« Quelques mots, juste quelques mots, pour que tu aies cette lettre ce soir, et je t'en prie, écris, écris vite… »

Les lettres innombrables que Virginia Woolf reçoit et envoie tous les jours semblent toujours écrites et reçues à la volée, dans l'impatience, la bousculade, et l'inquiétude aussi. Les phrases vont vite, les idées se télescopent, le coq-à-l'âne devient figure de style. Il s'agit d'attraper la vie, de consoler un ami, de raconter vite, vite, un dîner, une blague, un problème littéraire, une grippe, de poser un tas de questions, vas-tu bien, es-tu heureuse ?

Dans une lettre de 1927 à Vita Sackville-West, la romancière rencontrée chez Clive Bell en 1922, qui devint son amie pour la vie et sa maîtresse durant quelques années, elle déclare : « N'as-tu jamais été frappée de ce que nos amitiés ne sont que de longues conversations sans cesse interrompues et portant toujours sur le même sujet selon la personne avec laquelle on se trouve ? Avec Lytton, je parle de lectures, avec Clive d'amour, avec Nessa des gens, avec Roger d'art, avec Morgan d'écriture… Et ce n'est jamais la même Virginia. »

Ce besoin d'inventorier les amis, de faire le bilan, n'est pas nouveau. En 1919, elle se demandait : « Combien ai-je d'amis ? » Il y a Lytton Strachey, le célèbre auteur des *Éminents Victoriens*, le rival éternel et académique, toujours amical et toujours légèrement condescendant.

Lytton qui jamais ne comprendra le travail de Virginia. Mais tant pis.

« Il me rappelle une libellule qui rend visite au chèvrefeuille et aux dahlias puis se pose en équilibre sur une théière cassée. Carrington et Ralph jouent le rôle de la théière. »

Au chapitre Cambridge de sa vie, il y a Desmond MacCarthy qui a besoin de son verre de vin, Saxon Sydney Turner, l'ami intime de Thoby, avec ses rhumatismes et ses amours sans espoir, puis vient l'époque Fitzroy Square, marquée par l'apparition de Duncan Grant. Dans le groupe placé sous le signe de Brunswick Square, il y a, avant tout, Clive Bell – que je mets à part, dit-elle. Plus tard surgissent les « têtes-de-loup », Dora Carrington, l'amoureuse célèbre de Lytton Strachey et Gerald Brenan, amoureux de Carrington, à qui

Virginia va écrire certaines de ses plus belles lettres. Maynard Keynes, Alix Strachey, David Garnett, dit Bunny, et puis les figures permanentes de son théâtre : Roger Fry, Ottoline Morrell, et T. S. Eliot.

En 1922, elle reprend la liste. « Admettons que je me les représente comme un groupe de statues de marbre avec moi au milieu, et voici que l'un s'approche et qu'un autre roule au loin. Desmond MacCarthy a roulé dans un coin.

Le marbre de Lytton, lui, est tout proche. Je crois qu'il a décidé, du fait de sa notoriété, de se cramponner à un ou deux rocs et ses amis en constituent un.

Je suis en excellents termes avec Clive, avec Maynard, avec Mary. »

Elle ne parle plus de Violet Dickinson, ni de Madge Vaughan. Elle se met à correspondre beaucoup avec Vita Sackville-West, avec Mary Hutchinson, bientôt avec Ethel Smyth.

Certains entrent dans la liste, certains en sortent.

Les lettres sont un baromètre. Sans lettres, Virginia se morfond. Comme le note Bernard, le personnage des *Vagues* qui est souvent son porte-parole : « La vérité est que j'ai besoin d'être stimulé par la présence de gens. Tout seul, penché sur mon feu éteint, je vois trop les côtés faibles de mes histoires. L'être humain parfaitement simple pourrait continuer à imaginer sans fin. Il ne saisirait pas comme moi l'aspect désolé des cendres grises dans un foyer sans feu. On me referme un volet en plein visage et tout devient impénétrable. »

Les lettres sont une fenêtre ouverte, la lumière et la chaleur qui permettent de se remettre au travail.

« Ôtez-moi mes affections, écrit Virginia à Ethel Smyth en 1932, et je serai pareille à une algue que l'on a retirée de l'eau, à une coquille de crabe, à une défense d'éléphant. Mes entrailles, la moelle de mes os, la pulpe, tout s'écoulerait hors de moi, un souffle suffirait à me pousser jusqu'à la première flaque et à m'y noyer. Ôtez-moi l'amour que j'ai pour les amis, l'urgence dévorante qui m'attire vers la vie humaine, ce qu'elle a d'attirant et de mystérieux, et je ne serai plus qu'une fibre incolore que l'on pourrait jeter comme n'importe quelle déjection. » Les lettres à Ethel, cette compositrice de musique féministe aux allures martiales, à l'énergie infatigable, dont Virginia fut le grand amour, sont pleines de la reconnaissance qu'elle éprouve pour celle qui, dit-elle, a la texture serrée d'une orange bien ronde, quand le monde entier s'effiloche et fluctue.

Les lettres sont aussi une nourriture intellectuelle. Elles doivent être bourrées d'idées. Mais il faut qu'il y ait des faits, du concret comme elle dit, une chasse aux taupes, une leçon de maquillage – « je fais enfin partie de l'humanité qui se poudre ! » – ou un potin qui vous rattache à la vaste humanité de ceux et celles qui aiment, qui n'aiment plus, qui cancanent, qui se vantent, qui se jalousent, arborent une nouvelle robe ridicule.

Elles doivent être comme une pellicule de cire qui s'imprime directement au contact du cerveau, elles doivent être longues, enjouées, généreuses. « Donne-moi plus de ces détails, mendie-t-elle à son amie Ethel Smyth, ces détails dont tu sais que j'ai besoin pour vivre. »

Elle les ponctue de réflexions qui font pouffer de rire.

Mais d'abord elles doivent ne pas « devoir », puisqu'il s'agit d'exercices de liberté. Même les lettres de château, même les lettres de remerciements, même et surtout les lettres d'écrivain. Or les pièges guettent à chaque mot. Il y a ainsi une scène désopilante et tragique des *Vagues* où Bernard rentre chez lui pour écrire une lettre :

« Au moment où j'aperçois une feuille de papier posée sur la table, je deviens ce personnage hardi, dangereux, méditatif et audacieux tout ensemble, qui jette rapidement son pardessus, saisit son porte-plume et trace rapidement sur le papier une lettre d'amour passionnée pour la jeune fille qu'il aime. Il faut qu'elle pense que ce petit chef-d'œuvre a été écrit sans un moment d'arrêt, sans une rature. » S'ensuivent des considérations sur la manière la plus ingénieuse de fourrer des insinuations subtiles et intimes et des réflexions profondes, de donner à l'ensemble un air byronien. De rendre la lettre inoubliable sans qu'elle perde son faux air de brouillon génial. Mais l'inspiration tourne court. « Mon vrai moi se sépare de mon moi factice, dit Bernard, j'écrirai cette lettre demain. »

La conscience de l'artifice, le sentiment de la pose, voilà l'ennemi pour Virginia Woolf.

« Quand on écrit une lettre, dit-elle à Ottoline Morrell, le tout est de foncer tête baissée, le bec de la théière peut cracher n'importe quoi à tout moment. Si je pensais réellement que vous deviez ranger cette lettre dans une boîte, je m'empresserais de boucher le bec de la théière avec le bout de mon doigt. »

L'interlocutrice préférée, c'est Vanessa, la calme et la silencieuse. Avec elle, les lettres sont vraiment cette conversation interrompue qui se poursuit depuis l'affaire du chat noir sans queue. Le plus souvent, c'est Virginia qui parle. « Ceux que je respecte le plus sont par nature des silencieux, remarque-t-elle. Nessa, Lytton, Leonard, Maynard. » Et c'est profondément vrai. Et c'est profondément douloureux aussi. Il y a dans la lettre un appel, une demande assurée d'être déçue.

Avec Clive Bell, c'est différent : la littérature et le flirt sont au rendez-vous.

« Il est pour moi une immense source de joie, ne serait-ce que parce qu'il dit ouvertement ce que je m'efforce de dissimuler. Je n'ai jamais connu quelqu'un d'aussi mesquin, suffisant, d'aussi ouvert et profondément bon. » Quand elle se sent en sécurité, Virginia fait des pointes, et des blagues.

« Les lames courtes d'une mer agitée montent jusqu'au toit de la maison. Ma chambre n'est plus une île
désertique qui flotte au milieu de tout cela. Je serai
moi-même balayée après le déjeuner. Comment dans
ces conditions voulez-vous que je rédige une lettre ?
Peut-être avez-vous remarqué que c'est une astuce classique chez les épistoliers : ils n'ont jamais toutes leurs
aises, sont pressés, et de mauvaise humeur, si bien qu'ils
ne vous servent que les restes de leur génie. Selon vos
propres mots, nous avions atteint des sommets… Avez-
vous jamais compris à quel point vous regarder vivre au
quotidien m'a profondément émue en même temps
qu'amoindrie ?

J'ai toujours peur que ma plume intarissable finisse
par vous déchirer les tympans. »

Virginia court de la scène à la coulisse, du plus profond au plus anodin, comme s'il fallait empêcher
l'encre de se figer. Vite, vite, toujours plus vite, pour
être vraie. C'est le même ton que l'on retrouve dans les
lettres à Roger Fry : « Vos lettres sont un tel bonheur
qu'elles me donneraient envie d'écrire tous les jours.
Pouvez-vous me faire passer l'adresse du monsieur qui
nettoie les tapis, vend des canaris et achète les vieux
dentiers ? »

Elle se morigène : « Mon Dieu quelle lettre, cela tient
de l'interminable monologue de la vieille paysanne
plantée devant sa porte. Quand vous faites mine de

partir, elle se souvient immanquablement de quelque chose de nouveau et reprend comme si de rien n'était… »

Écrire des lettres est à la fois une occasion de réfléchir à l'art d'écrire et une manière de s'entraîner à l'amitié. « J'espère que vous me croyez quand je dis que je pourrais mieux écrire, si j'y consacrais un peu plus de temps. Mais…

Écrire une lettre revient désormais pour moi à retourner une omelette dans la poêle, si elle se brise et s'écrase tant pis. »

« J'essaie de me défaire de l'habitude d'écrire des lettres qui n'en finissent plus à tout le monde et n'importe qui. Je ne peux écrire que si je ne me relis pas, si je me mets à réfléchir, je n'ai plus qu'à les déchirer. Plusieurs de celles que j'ai envoyées récemment sur cette base ont eu des résultats quasiment fatals : la pauvre Mrs. Eliot a fait une rechute, une autre personne s'est refroidie et durcie, d'autres encore se sont échauffées. »

L'échange épistolaire n'est pas sûr.

« Pourquoi faut-il qu'il en soit ainsi, se plaint-elle dans une lettre à Philip Morrell. Pourquoi restons-nous muets comme des carpes, paralysés par la stupeur, alors qu'il n'y a rien de plus important au monde que notre commun besoin d'affection et d'admiration ? Je crois que les humains sont fondamentalement écrasés par leur sentiment d'insignifiance. »

Elle, elle aime les lettres, parce qu'on y parle sans être

vue. On se blottit dans des bras qui ne risquent pas de vous lâcher. On fait l'intéressante sans craindre de voir l'ennui crisper les traits du visage qui vous fait face.

Mais elle n'est pas dupe. Nous ne connaissons jamais l'autre, ne cesse-t-elle de répéter, si ce n'est à travers l'image que nous nous en faisons et qui n'est qu'une émanation de nous-même. Pauvres vaisseaux scellés. Et que fait-on quand on écrit une lettre, sinon tenir compte de l'image qu'on vous renvoie ? « Quand j'écris à Lytton ou à Leonard, confie-t-elle à Gerald Brenan, je ne ressemble en rien à ce que je suis quand je vous écris. Voici que ma bûche qui a une forme de patte d'éléphant vient de tomber par terre, conclut-elle. Bonsoir. »

Jeu et sincérité, sincérité joueuse, et jeux sincères, être toujours sincère et toujours autre. Virginia ne cesse d'interroger ce moi insaisissable, le sien. Et cela au moins est constant. « Quand je vous écris, je prends invariablement un ton enjoué, parce que c'est un masque commode, mais les masques, précisément parce que je suis écrivain, me pèsent. Maintenant que je suis vieille, je ne veux plus m'encombrer de superflu, je veux former mes mots à la crête des vagues, redoutable entreprise », écrit-elle à un autre de ses correspondants privilégiés, Jacques Raverat.

On comprend mieux : les lettres sont à la fois le jeu social par excellence et le lieu de la sincérité par excellence. C'est pourquoi, régulièrement, Virginia Woolf décide d'arrêter. Plus de lettres. D'abord cela prend du temps, le temps qu'il faudrait consacrer à l'œuvre, et puis on s'élance vers les autres, et on se casse la figure, on y ment et c'est pire quand on dit la vérité.

Comme elle le répète souvent en riant, elle a un esprit si complexe qu'elle doit s'interdire de se relire, sinon elle jette ce qu'elle a écrit sous l'emprise de son destinataire, pour le plaisir d'un bon mot. Et pourtant les lettres s'accumulent. « Nous avons discuté de l'immortalité avec Lytton et Clive et j'ai découvert que je misais sur ma correspondance », note-t-elle dans son *Journal* en septembre 1920. Ce qui est une boutade et pourtant pas.

Si Virginia Woolf est aujourd'hui immortelle, c'est, oui, un peu à cause de sa correspondance. De son *Journal*, de sa vie, et de ses amis, mis en scène dans sa correspondance.

De tout ce que nous croyons savoir d'elle, grâce à ses lettres. Et c'est justice. Puisqu'elles sont indéniablement le lieu bâtard où s'inscrit le plus lisiblement son désir de brouillage des genres, son désir de saisir la vie au vol, son désir de dire la continuité habituelle du quotidien, la vie humaine, faite de choses incongrues, sordides et drôles, la vraie vie, dont aucun biographe ne saurait utiliser la texture réelle, détails absurdes, soucis obsédants et idiots, et plaisirs poétiques comme la joie de découvrir un étang si plein de poissons rouges que les enfants en remplissent leurs casquettes.

Elles sont le lieu privilégié de dialogues sur l'art d'écrire. On y trouve des intuitions et des argumentations saisissantes : « Imaginez que l'on arrive à communiquer vraiment ! On ne peut espérer au mieux que suggérer. » Elle attrape au vol cette façon qui est sienne d'en dire trop : « Les sentiments sont si difficiles à exprimer, j'essaie et je me fais des ennemis. Je vais à des soirées et j'en dis trop, je vous assure, c'est fatal, c'est plus fort que moi, je ne résiste pas à mon besoin d'intimité. »

Cet élan se fait torrent de mots quand elle écrit sous le coup de la compassion, en particulier à Jacques Raverat, atteint d'une sclérose en plaques, ou à Gerald Brenan, en proie à un chagrin d'amour. Elle enchaîne les histoires drôles, les scènes de la vie de tous les jours, les idées, comme si ses mots pouvaient arracher le destinataire de la lettre aux griffes de la douleur.

Et ces lettres sont des chefs-d'œuvre.

Mais c'est une drôle d'immortalité. L'immortalité doit être minérale, elle fait de vous une statue. La statue de Virginia Woolf est victime des malentendus qu'elle-même s'entend si bien à décrire quand elle parle de ses relations au monde : j'en dis trop, c'est fatal, c'est plus fort que moi. La postérité, au lieu de retenir ce qu'on lui a destiné – œuvres, discours, biographie filtrée –, se jette avec rapacité sur tout ce trop. Destin de femme : on retient les médisances et les caricatures, l'autodévaluation, on retient qu'elle est snob et vaniteuse, puisque c'est elle qui le dit. On retient qu'elle est futile et menteuse, puisqu'elle le dit. On retient qu'elle ne parle pas de la même voix à tous, puisqu'elle le dit. On retient qu'elle est sentimentale. Et qu'elle dépend de l'opinion des autres, de l'affection des autres, du goût des autres. Est-ce cela, un grand écrivain ?

Les lettres de Virginia Woolf l'ont rendue immortelle, elles ont fait d'elle la plus fragile des mortelles immortelles.

Elles ont, comme elle le devinait d'avance, faussé ses relations avec nous, comme elles faussaient ses relations avec ses contemporains. Elles l'ont désacralisée, la faisant du même coup sortir de la cohorte des géants. Elles ont enfin élevé un mur d'incompréhension entre des lecteurs trop familiers de Virginia, et une œuvre formaliste, si exigeante et difficile qu'ils viennent s'y casser le nez et, déçus, s'en éloignent. Personne ne leur avait dit que c'était une œuvre qui, à l'instar de celles de Lowry, Joyce, Proust ou Faulkner, se méritait.

Mais, de temps en temps, je suis hantée par la vie très profonde et à moitié mystique d'une femme. Cela, je le raconterai un jour. Le temps sera complètement effacé et le futur fleurira en quelque sorte du passé. Un rien, la chute d'une fleur, pourrait le contenir. Ma théorie étant que l'événement en soi n'existe pour ainsi dire pas, pas plus que le temps.

V. W.

Dans la littérature,
le rythme est tout

Lire Virginia Woolf prend du temps. Son œuvre est longue, variée, touffue, et sa manière d'écrire si peu conventionnelle que l'on doit faire attention, être vigilant, avancer à petits pas pour ne rien perdre et pour ne pas s'y perdre.

Quelle est cette chose qui nous arrête, qui nous emballe, qui nous fait accélérer ou ralentir quand on lit Virginia Woolf ?

Comme le danseur, dont le corps a si bien apprivoisé la musique qu'il la suit tout en la dominant, marquant les accents et jouant avec le tempo, entre anticipation et retard, pour donner au rythme un relief que l'on ne soupçonnait pas, l'écrivain, esclave semi-consentant du temps, se soumet à la chronologie, à la logique du temps, tout en la domptant. La lecture se déroule, mais seul le poète est maître de la durée. On aurait tort de croire que le rythme de lecture dépend du lecteur, de son acuité visuelle ou de ses talents intellectuels, le rythme est, par avance, défini par la main qui écrit.

« Ce ne sont pas les catastrophes, les meurtres, la mort, les maladies, qui nous vieillissent et nous tuent ; c'est l'expression des gens, leur façon de rire et de grimper dans le bus », écrit-elle. C'est bien souvent cette densité, poudrée de légèreté, qui fait que l'on s'arrête pour relire, comme si sous la limpidité horizontale de la ligne se cachait le vertigineux trésor d'une réflexion en à-pic.

Virginia Woolf voit le monde changer, son monde et le plus vaste aussi.

On jette le corset aux orties, des femmes luttent pour le droit de vote, on ne sait plus comment parler à ses domestiques, les néo-impressionnistes embrasent les murs des salles d'exposition et donnent des haut-le-cœur à la bonne société gorgée de répression victorienne. Et comme si cela ne suffisait pas, l'écrivain assiste avec un sourire amusé à la naissance d'une nouvelle catégorie sociale : les lecteurs.

Dans sa *Lettre à un jeune poète*, adressée à John Lehmann, elle écrit : « J'admets que la période que nous vivons complique un peu les choses. Pour la première fois dans l'Histoire, il y a des lecteurs : toute cette masse de gens absorbés par leurs affaires, le sport, les soins à donner à leurs grands-parents, les paquets à ficeler derrière les comptoirs. Ces gens-là lisent tous, maintenant, et ils veulent qu'on leur dise ce qu'ils doivent lire, et comment. »

Lorsque Virginia Woolf s'étonne de la naissance d'un lectorat, c'est sans crainte et sans amertume, le contraire d'une lamentation sur la fin d'un âge d'or où ne lisaient qu'une poignée d'élus, fleurons de la culture, oisifs, rentiers. Elle sent que quelque chose dans le rapport au livre s'est modifié, et – un peu comme Pouchkine, décidant d'écrire en russe plutôt qu'en français, à une époque où langue écrite et langue parlée appartiennent dans son pays à deux idiomes différents – elle entreprend de réformer l'écriture du roman anglais. Elle n'est pas la seule à s'engager dans cette traversée, mais peut-être la plus radicale.

Ce qu'elle épingle très tôt et qui oriente son art sur des voies inexplorées, c'est la farce du réalisme telle qu'elle la perçoit dans la littérature du dix-neuvième siècle. Le roman victorien n'a pas pour objet de mimer ou de calquer le réel, il s'efforce de répondre à un ensemble de conventions, de se conformer au code des passions et des sentiments de l'époque. Est réaliste celui qui se plie aux convenances. Un bon roman est un roman qui ressemble aux autres, qui conforte le lecteur dans un système de valeurs garant du bon fonctionnement d'une société habilement hiérarchisée. Le reste, c'est enfantillages, contes de fées, histoires à dormir debout.

Pourtant, l'idée même de réalisme est attirante. Virginia s'intéresse beaucoup au réel, à ce qu'elle voit, à ce qu'elle touche avec la paume de ses mains et la plante de ses pieds. Dans cette même lettre à John Lehmann, elle écrit, à propos d'une de ses lectures : « Le poète tente de décrire, avec honnêteté et exactitude, un monde qui n'a probablement aucune existence réelle pour qui que ce soit, sauf pour une personne particulière à un moment particulier. Et plus il se montre vrai dans la description des roses et des choux de son univers personnel, plus il nous déroute, nous qui avons accepté, par pure paresse, par esprit de compromis, de voir les roses et les choux à peu près comme les vingt-six passagers de l'omnibus. Il se contorsionne pour décrire ; nous pour comprendre. Il fait danser sa torche, nous ne saisissons qu'un reflet fugace. C'est excitant. C'est stimulant. Mais est-ce un arbre que nous avons aperçu, ou bien une vieille femme en train de renouer le lacet de sa chaussure dans le caniveau ? » Elle explique plus haut, toujours à propos de ce poète : « Il est beaucoup moins intéressé par ce qu'il partage avec les autres que par ce qui l'en distingue. D'où, je suppose, l'extrême opacité de ses poèmes. »

Le souci de réalisme chez Virginia Woolf s'oppose aussi farouchement au fac-similé mensonger et conventionnel du roman victorien qu'à l'autocontemplation égotiste de certains de ses contemporains. Il faut ouvrir les yeux sur le monde pour regarder et écrire sur les autres, mais en poussant jusqu'à la sophistication la plus extrême l'appareil d'écoute et d'enregistrement que constitue le cerveau. Ce n'est pas ce dont parlent les livres de ses prédécesseurs qui l'ennuie, c'est le manque d'affûtage de l'instrument d'analyse dont ils se servent pour retranscrire les variations du sujet. La méthode mise en place par Virginia Woolf consiste à observer le monde sans passer par le prisme de la bonne éducation (qui est pourtant la sienne) ou de la bonne société (dont elle fait partie). On doit examiner sans jamais faire semblant de comprendre, et si le moindre doute surgit, on lui ouvre grand les bras. C'est un regard spéculatif, curieux et naïf – au bon sens du terme –, ne faisant appel à aucun filtre pour éviter l'aveuglement, à aucune entourloupe pour gonfler de sens ce qui en est dépourvu. On fera avec l'éblouissant, avec l'absurde, avec l'épouvantable, puisqu'ils sont là, ne faisons pas comme si on n'avait rien vu.

Cette démarche comporte un nombre incalculable de risques ; Virginia Woolf les prend, tous, et c'est peut-être à travers sa façon si particulière d'aborder le temps qu'elle met à l'épreuve son courage d'écrivain dans un combat bouleversant contre une inanité fondatrice que la littérature de ses aïeux a pris grand soin de camoufler.

« À vrai dire, si l'on veut se représenter son existence, on doit imaginer que l'on se trouve soufflée à cent à l'heure dans un tunnel du métro pour se retrouver à la sortie nue comme un ver. Précipitée toute nue aux pieds de Dieu ! Culbutée dans les champs d'asphodèles comme un colis dans le toboggan du bureau de poste ! échevelée comme la queue d'un cheval de course. Oui, voilà ce qui traduirait la rapidité de la vie, cette succession de pertes et de récupérations ; tout cela dans le désordre et au hasard… » C'est la donnée de base, celle justement que les péripéties et les fausses élégances du vieux roman s'acharnent à masquer : nous allons tous mourir. Virginia Woolf ne cesse, à travers son œuvre, de nous convier à la contemplation stupéfiée de cette regrettable évidence. Le temps est borné ; c'est cependant la seule certitude, à bien y réfléchir, que l'on ait à son sujet. Notre temps est compté, mais quelle en est la mesure ?

Ne perdant jamais de vue cette fatalité, Virginia explore la question. Elle renonce très tôt à la notion de durée pour la remplacer par celle d'élasticité. Le temps est alternativement trop court et trop long. Lorsqu'on regarde vers l'avenir, vers la fin d'un livre qui n'avance pas, vers une rémission qui tarde, lorsqu'on attend le verdict de Leonard lisant le roman tout juste achevé, le temps est long ou, comme le dit Bernard dans *Les Vagues* : « Le temps s'égoutte [...]. La goutte se forme sur le rebord du toit de l'âme, et tombe. » Alors que, si l'on regarde vers le passé, on se retrouve le nez écrasé contre la vitre de l'enfance.

Mais le contraire est tout aussi vrai, et c'est le tour de force qu'accomplit l'écrivain : faire coexister, dans l'écriture même, les changements incessants et contradictoires de perspective. Ainsi, Clarissa Dalloway constate : « Quoi qu'il en soit, la succession des jours ; mercredi, jeudi, vendredi, samedi ; se réveiller le matin ; voir le ciel ; marcher dans le parc ; rencontrer Hugh Whitbread ; et soudain voir Peter entrer ; et puis ces roses ; c'était assez. Après cela, comme la mort était inimaginable ! – que cela doive finir », liant dans le même mouvement la lenteur presque répétitive, presque morne, de l'enchaînement des jours, et la saisissante rapidité de leur déroulement. C'est le plus souvent cet effroi qui saisit Virginia Woolf, et elle écrit dans son *Journal* : « Je suis si troublée par le transitoire de la vie humaine, que souvent je murmure un adieu, après avoir dîné avec Roger. »

Mais le temps s'arrête. À peine se lamente-t-on de sa fuite que l'on s'avoue victime d'une illusion. Rien n'a changé : « Quelquefois il me semble avoir déjà vécu deux cent cinquante ans ; et à d'autres moments, je me crois encore la personne la plus jeune de l'autobus. » C'est la versatilité du temps qui affole, qui exige de l'écrivain scrupuleux, décidé à en rendre compte, une agilité extrême, une souplesse et une précision qui rappellent, là encore, celles d'un danseur. « Le Temps, ce pâturage ensoleillé où s'étale la lumière dansante, le Temps, cette étendue plate comme les champs à midi, soudain se creuse, se change en gouffre. Le Temps s'écoule comme un lourd liquide s'égoutte hors d'un verre, laissant un dépôt. » Le temps n'est plus seulement la quatrième dimension, il envahit aussi l'espace, il est solide et liquide, il est l'enfer de Virginia et son salut, il est partout dans le roman, l'ennemi et l'allié, sans cesse vaincu, sans cesse à reconquérir.

Virginia se rappelle avoir eu très tôt le sentiment du fragile miracle que constituait le fait même d'être en vie. On se souvient de la scène qui ouvre l'*Esquisse du passé* :

« J'entends les vagues qui se brisent, une deux, une deux, et qui lancent une gerbe d'eau sur la plage ; et puis qui se brisent, une deux, une deux, derrière un store jaune. J'entends le store traîner son petit gland sur le sol quand le vent le gonfle. Je suis couchée et j'entends ce giclement de l'eau et je vois cette lumière, et je sens qu'il est à peu près impossible que je sois là… »

L'euphorie est poignante car elle évoque immanquablement son double angoissé : s'il est à peu près impossible que je sois là, c'est donc que la mort est l'état normal, celui auquel je ne cesse d'échapper à chaque inspiration, à chaque expiration. Virginia Woolf, qui ne peut oublier que son cœur bat, qui n'en revient pas de ce battement, est une artiste du rythme et du tempo.

« Je n'aime pas sentir le temps battre
des ailes autour de moi. »

Ce qui sépare Virginia Woolf de ses « collègues expérimentateurs », c'est son désir d'être à la fois à l'intérieur et à l'extérieur, d'être au plus près de soi mais également au plus près de l'autre. L'altérité, l'universel, une certaine forme d'objectivité sont là pour contrebalancer la tentation du regard réflexif. Ce qui la tente, elle, c'est l'impersonnel. Nous sommes égaux devant la mort. Ce constat autorise toutes les facéties, les représentations les plus audacieuses, car quel que soit le trajet que l'on suive au cours du roman, que sa construction soit scabreuse, élusive ou complexe, on s'adosse, dans une paradoxale tranquillité, à la certitude que constitue pour chacun et pour tous la catastrophe finale.

La question n'est donc pas d'échapper à la mort, mais de maintenir ce que Woolf appelle « les illusions bénies qui nous font vivre ». Pour cela, deux méthodes. La première s'apparente à la fuite désespérée du protagoniste de *La Mort à Samarkand* qui, sachant où la mort le cueillera, évite soigneusement de se trouver au lieu désigné par l'oracle. Virginia fait de même, si ce n'est qu'à l'espace, elle substitue le temps. Elle s'envoie dans le futur.

À plusieurs reprises, dans son *Journal*, elle s'adresse à une autre elle-même, de quinze ans plus âgée, formulant le défi en ces termes : « J'imagine que Virginia, vieillie et chaussant ses lunettes pour lire ce passage de mars 1920, m'encouragerait certainement à continuer. *Salut cher fantôme !* Et veuillez noter que je ne considère pas la cinquantaine comme un âge avancé. » Le second stratagème consiste à écrire. Écriture-remède, mais aussi écriture-douleur, dans la mesure où le récit, parce qu'il se déploie dans le temps, qu'il n'est pas, à l'inverse de la peinture, un capteur d'instantané, porte en lui la mort. Ainsi Neville, dans *Les Vagues*, s'interroge : « Pourquoi penser dans un monde où l'instant présent existe ? Rien ne devrait recevoir de nom, de peur que ce nom même le transforme. » Dire, c'est garder, mais dire, c'est tuer.

« La vérité, c'est que je possède une échelle automatique des valeurs qui décide du meilleur emploi de mon temps. Elle indique : Cette demi-heure sera consacrée au russe ; celle-ci allouée à Wordsworth ; ou bien, que je ferais mieux de raccommoder mes bas marron. Comment m'est échu ce code de valeurs, je l'ignore.

C'est peut-être le legs de mes ancêtres puritains. Le plaisir m'est légèrement suspect », note Virginia Woolf, le 1er mars 1921.

Le *Journal* est le témoin privilégié de l'ampleur des tâches qu'elle s'impose. Il s'agit un jour de relire Shakespeare, un autre d'apprendre l'italien pour savourer Dante, le russe pour Dostoïevski (le plus grand selon elle) et Tolstoï. Mais il faut aussi rafraîchir son grec. Un matin de grand mécontentement, elle se dit même que la seule solution serait d'apprendre le français. Les projets se suivent, se télescopent. S'ajoutant à l'écriture des romans, les biographies, les articles critiques et les essais politiques ou esthétiques viennent encombrer le chantier titanesque au cœur duquel elle est à la fois maître d'ouvrage, contremaître et ouvrier. L'épuisement dispute à l'exaltation les nerfs fragiles de l'auteur.

Pourquoi une telle astreinte, pourquoi une telle ascèse ? Il est impossible de ne pas se le demander. D'autant qu'elle accomplit toujours ce qu'elle entreprend. L'atermoiement est absent. Le sérieux et l'efficacité, chez une femme qui a trop souvent été décrite comme une grande bourgeoise vaporeuse et alanguie, sont les armes maîtresses. « Il me faut lire un livre par jour… telle est la vie de l'écrivassière. » Mais ce qui tisse le rapport si serré de Virginia Woolf au travail, c'est cette conscience aiguë du caractère transitoire de la vie. Avoir des projets, c'est voyager dans le temps, se promettre à soi-même qu'on sera encore là quand ils seront terminés ; les mener à bien, c'est s'arracher, dans la transe du labeur, à l'angoisse paralysante du néant. « Et à cet instant je devrais être plongée dans Herman Melville et Thomas Hardy, sans parler de Sophocle si je veux terminer l'*Ajax*, comme je gage que j'y parviendrai, d'ici août. Mais cette façon de parer l'avenir est une des sources principales de bonheur, je crois. » Je bouge, je danse, je ne suis jamais là où l'on m'attend, j'écris un roman historique, et hop j'écris une chronique de la société moderne, mais j'écris aussi un article sur un poète et un pamphlet contre la misogynie. « Je suis le lièvre, qui court très loin devant la meute de mes critiques », écrit-elle. Je suis le lièvre qui court très loin devant la faucheuse assoiffée de mon sang.

Virginia Woolf pense par antagonismes, et c'est ainsi qu'il faut comprendre sa vision de la mort et du temps. Si elle cherche à définir une chose, elle commence par étudier son contraire, pour le rejeter ensuite, effectuant un travail analogue à celui du moulage. Le creux devient le plein. « C'est pourquoi je hais les miroirs qui me montrent mon vrai visage. Seule, je tombe souvent dans le néant. Je dois poser le pied prudemment sur le rebord du monde, de peur de tomber dans le néant. Je suis forcée de me cogner la tête contre une porte bien dure, pour me contraindre à rentrer dans mon propre corps. »

Dans *Les Vagues*, les personnages ne se connaissent eux-mêmes qu'à force d'examiner les différences qui les séparent de leurs compagnons : « C'était Suzanne qui pleurait, le jour où j'étais avec Neville dans la cahute du jardinier ; et j'ai senti fondre mon indifférence. L'indifférence de Neville ne fondait pas. "Donc, me suis-je dit, je suis moi-même ; je ne suis pas Neville." Découverte prodigieuse. » De la même manière, c'est à partir de la mort de Perceval, ami admiré qui laisse les six autres personnages orphelins, que chacun prend conscience de son état. Lui est mort et nous, nous sommes vivants, semblent-ils constater. À plusieurs reprises, chacun décline, comme s'il s'agissait de son identité, le nombre de ses années. « Il m'arrive de penser (à moi, qui n'ai pas encore vingt ans) que je ne suis pas une femme. » C'est Suzanne qui parle. Plus loin Bernard note : « Le plus âgé d'entre nous n'a pas vingt-cinq ans. » Jinny se livre à la même remarque à quelques pages de là, puis déclare plus loin : « J'ai maintenant dépassé trente ans » ; le roman avançant, cela devient plus flou, elle note simplement qu'elle vieillit. Pourquoi Virginia Woolf accorde-t-elle tant d'importance à l'âge des personnages dans ce texte ?

La forme de ce roman est unique dans son œuvre. On pourrait le qualifier de récit dialogué, mais qui dit dialogue dit échange entre un locuteur et un co-locuteur, alors que dans *Les Vagues* la destination de la parole n'est pas si claire. Le personnage s'adresse autant au lecteur qu'à lui-même ; ce qui évoque davantage le théâtre, et en particulier les stances – telles qu'on peut les trouver chez Shakespeare ou Corneille –, que le dialogue à proprement parler. Le livre est constitué de plusieurs parties, chacune inaugurée par une description, une vision, dont on a du mal à identifier la source. Pour résumer, on pourrait dire qu'une stase visuelle ouvre sur une série de stances. Six personnages parlent, l'un après l'autre, à l'intérieur de chaque partie. Parfois ils prennent la parole à deux reprises. Ils ne s'expriment pas tous à égalité. Rhoda est moins présente au début et revient à la fin. Bernard prend de l'ampleur, Suzanne occupe d'abord le devant de la scène pour le céder à Jinny. Entre Neville et Louis se joue une sorte de compétition. Six voix à la première personne, introduites par le tiret et identifiées par l'incise minimaliste (« dit Suzanne », « dit Jinny », « dit Neville », etc.), se succèdent, se répètent, plus rarement se répondent. Chacune est caractérisée par un motif et, si ce modèle doit en évoquer un autre, c'est à l'art de la fugue que l'on pense, à cause des variations autour d'un thème commun, et de la magie finale qui réconcilie le solo au choral. Les voix sont distinctes, à la fois dans leur façon de déployer le thème et dans leur rythmique, elles ne se superposent pas, elles se croisent, et pourtant un chœur naît, mystérieusement, et lorsqu'on referme le roman, on n'a plus qu'une voix en tête, enrichie d'une infinité d'harmoniques, mais cohérente, contenue, maîtrisée. On est au concert, on est au théâtre, mais il n'y a pas de décors, si ce n'est celui proposé par les stases visuelles; pas de didascalies, on ignore tout du quand et du comment car aucun narrateur ne se charge d'endosser le rôle du récitant. Tout est dans la parole. Il faudrait donc, pour faire sentir le passage du temps, mettre dans la bouche des personnages l'information nécessaire au lecteur. Mais cette hypothèse utilitariste se dissout d'elle-même : l'effet produit par l'œuvre est plutôt celui de l'enivrement que celui de l'édification. Ces âges sont brandis comme des étendards, ils ne renseignent pas, ils alarment.

« Enfants, nos vies ont été pareilles à des gongs sur lesquels on frappait : des récriminations, des cris de désespoir, des chocs sur la nuque dans les jardins », dit Louis. Ce sont les enfants gongs des *Vagues*, dont les corps sont frappés par le temps, un temps que les adultes maîtrisent. Évoquant son séjour en pension, Suzanne semble lui répondre quelques lignes plus loin : « Ces gens ont réussi à donner à tous les jours du mois de juin (et nous sommes le 25) le même air luisant et propre, avec les mêmes coups de gong, les mêmes leçons, les mêmes commandements qui Ìnous obligent à nous laver, à changer de robe, à travailler, à manger. »

Ce qu'on appelle couramment l'éducation semble s'apparenter pour Virginia Woolf à un châtiment infligé à la douce sauvagerie enfantine. L'enfant insouciant, l'enfant qui a tout son temps car sa conscience de la mort est vague, car la mort habite pour lui le même espace-temps reculé que les « il était une fois » des contes de fées, l'enfant se voit administrer le temps. C'est au fur et à mesure que cette leçon le pénètre qu'il devient un humain, une personne, et éventuellement « quelqu'un de bien ».

Les Vagues est le roman du difficile passage à la maturité, et son titre évoque immanquablement les vagues de St. Ives « qui se brisent, une deux, une deux » et marquent, jusque dans leur bégaiement, l'inéluctable retour du même, ce cycle de la vie que l'on voudrait croire plate, infinie et rectiligne, semblable à la terre des géographes précoperniciens, mais qui est en réalité parfaitement ronde et terminée : « En jouant, en parlant, on traversait la flaque, on arrivait à la fenêtre du palier et là, tout d'un coup, l'univers se changeait en une boule de cristal massif que l'on pouvait tenir entre ses mains. – Oui, j'y crois, c'est mystique, tout le passé et l'avenir, et les larmes et les cendres des générations, tout faisait boule et alors nous étions absolus, entiers, rien n'était exclu. »

C'est aussi le cristal de cette boule que font exploser les gongs successifs de l'enfance, les alarmes du temps ;

puis la boule se reforme, lentement, de plus en plus lentement. La délicatesse avec laquelle on la lançait vers le ciel a quitté nos doigts adultes, le ballon des jours d'enfance devient le boulet des mornes journées de l'âge. Il faudrait ne jamais grandir et voilà que Peter Pan revient :

« Quelle bénédiction ce serait de ne jamais se marier, de ne jamais vieillir et de passer sa vie dans une indifférente innocence parmi les arbres et les rivières qui seules conservent à l'être sa fraîcheur et sa nature d'enfant au milieu d'un monde troublé ! »

Les actualités

De la même manière que les récitatifs des *Vagues* s'organisent autour de la disparition de Perceval, *La Chambre de Jacob*, roman antérieur, se constitue autour d'un absent. Dans cette œuvre écrite au cours de l'année 1920, la figure du personnage éponyme est dessinée par le discours que les autres – famille et amis – produisent sur lui. Jacob est absent de sa propre histoire, et le lecteur s'interroge : il manque quelque chose. C'est déroutant. On croirait presque que l'auteur a déposé secrètement, et comme au hasard, un matériel d'enregistrement, captant les paroles à l'insu des locuteurs. La rumeur se déroule, telle une bande qui donne parfois l'impression de décrocher trop tôt, ou de s'enclencher trop tard. On rate la fin, parfois le début, on est molesté par un genre d'aléatoire d'autant plus troublant qu'il est – si on prend la peine de l'analyser – extrêmement proche du vivant, qu'il mime l'expérience quotidienne du chaos faussement ordonné de nos jours. Il manque quelque chose.

En fait il manque quelqu'un, car Jacob, l'absent du livre, c'est le jeune homme brillant, enlevé trop tôt à l'existence par les combats de la première guerre de masse. Et c'est aussi Thoby, le frère aîné de Virginia. Le malaise que crée le roman se fait l'écho de celui ressenti par les proches des milliers de soldats décimés par les armes issues de la première révolution industrielle. *La Chambre de Jacob*, récit autour de l'absent, à l'écriture presque dérangeante, marque une volonté de s'affranchir d'une tradition lénifiante, et une capacité hors du commun à traduire en mots les maux d'une époque. L'écrivain est comme traversée par son temps.

Ainsi l'élégie à Thoby – car l'auteur nous invite à considérer plusieurs de ses romans comme des formes d'« exorcismes » –, l'ode au frère mort de la typhoïde en 1906, se fond-elle à un chant plus large, celui des veuves, des mères et des filles pleurant les soldats de la guerre de 14-18. Une fois encore, Virginia Woolf se laisse tenter par l'impersonnel, dans une recherche exigeante et souvent éreintante de la vérité de l'émotion. On part de soi, pour aller vers l'autre et revenir, chargé du chagrin universel, vers soi. On ne prétend pas comprendre, ni expliquer, on joint sa voix, dans un mouvement d'identification qui rappelle les procédés d'harmonisation en musique, à la clameur générale. Il ne s'agit pas d'un assentiment ; l'exercice consiste plutôt à s'émanciper de ses propres codes, de ses propres limitations psychologiques et intellectuelles pour aller chercher au-dehors, muscler l'imagination, l'étirer, la soumettre à un entraînement d'athlète.

C'est pourquoi, si l'on cherche à faire une lecture du
siècle à travers l'œuvre de Virginia Woolf, on risque fort
de passer, d'un même coup, à côté de l'auteur et de
l'Histoire, car sa parole ne prend sa source ni dans l'individu ballotté par les circonstances, ni dans la chaire
d'un philosophe, d'un sociologue ou d'un historien.
Elle s'origine à mi-chemin. L'écrivain est traversée et
rend compte, le regard et l'analyse sont presque postérieurs au propos : elle écrit avant de penser, elle écrit
presque avant d'éprouver.

Un anachronisme de ce genre est à l'œuvre dans « La
marque sur le mur ». En ouverture, la narratrice évoque
une vision. « C'est peut-être à la mi-janvier de cette
année que, levant les yeux, j'ai vu pour la première fois
la marque sur le mur. » Cette phrase nous laisse supposer, d'une part, que cette contemplation se renouvellera
et, d'autre part, que cette marque a toujours existé et
continuera d'orner ou de défigurer le mur pendant un
temps indéterminé. Suit une séquence au cours de
laquelle la narratrice s'interroge sur la nature de cette
marque et livre une à une ses hypothèses : il pourrait
s'agir d'une trace de clou, mais elle est trop grande et
trop ronde, et puis ce n'est pas un trou, mais plutôt une
petite feuille de rosier, sauf qu'elle se détache, qu'elle

possède une certaine grosseur, une ondulation, ou bien s'agirait-il d'une fissure dans le bois ? Chaque nouvelle proposition inaugure une divagation, une rêverie autour de l'objet qu'on croit avoir identifié.

Ce qui fait la force de cette nouvelle, écrite en 1917, c'est à la fois sa valeur de fausse parabole et son rapport à l'actualité, aux actualités. L'incipit nous laisse croire à une marque qui aurait toujours été là mais aurait échappé à l'inspection, un peu comme une fêlure originelle. On pourrait penser que la narratrice est sur le point de découvrir une de ces vérités qui crèvent les yeux et face auxquelles on reste pourtant aveugle. On imagine, dès lors, que le récit, avec son cortège de descriptions, est métaphorique et nous informe davantage sur les parois internes de l'âme que sur les murs de la maison qu'elle habite. C'est alors qu'on commence à entrevoir de quelle blessure d'enfance ou de quelle angoisse cette marque pourrait être le symbole qu'arrivent la fin et la résolution de l'énigme : c'est un escargot. La marque sur le mur n'est autre qu'un escargot qui se déplace si lentement qu'on ne saurait le voir bouger. Comme le temps, que l'on ne sent pas avancer jusqu'au moment où, soudain, on a vieilli. L'objet sur le mur est vivant, c'est un animal et non une illusion d'optique comme on a été porté à le croire. Mais la découverte de la véritable nature de la marque n'a lieu qu'une fois que le réel a fait irruption dans la pièce, rompant le fil de la rêverie.

« Quelqu'un se penche au-dessus de moi et dit :

"Je sors acheter un journal." Et poursuit : "Pour ce que cela sert… il n'y a jamais rien. En voilà assez de cette guerre !… peste soit de cette guerre !" »

Un nouveau champ métaphorique s'ouvre. La marque sur le mur, c'est ce qui différencie ce jour de tous les autres jours, c'est ce qui provoque la rêverie mais empêche de penser, ce qui affole la raison. La marque, c'est la guerre et son étrange présence, car pour ceux qui ne sont pas au front, elle est presque indiscernable et pourtant là, comme un escargot qui – alors qu'il n'a rien à y faire – rampe sur le mur.

Qu'est-ce qui est plus réel ? Les sensations du dedans ou les faits du dehors ? Et que veut-on dire quand on parle du réel ?

C'est comme phénoménologue que Virginia Woolf s'exprime le plus clairement, et c'est la source d'un des nombreux malentendus qui nimbent son œuvre et sa personne. L'obsession du constat, la méfiance à l'égard de l'analyse, et surtout de toute forme de dogmatisme, font de l'écrivain une proie facile pour les pourfendeurs de poètes. Virginia Woolf n'a pas écrit de roman sur la guerre, ni sur la crise de 1929 ; la réorganisation du contrat social qui suit la révolution industrielle ne donne pas lieu à une fiction qui en dénoncerait les dérives ou en acclamerait la réussite. Jamais – dans son œuvre de fiction – elle n'élève la voix ni ne prend parti, et pourtant comment ne pas reconnaître le courage avec lequel elle décrit l'horreur de la guerre dans ce qu'elle a de plus barbare : la disparition en masse, niant par le nombre la spécificité des chagrins ?

C'est par son système hautement subversif qu'elle s'insurge le mieux contre la blague du pouvoir et cette lèpre déjà naissante du « tout économique » qui n'a pas fini de ravager nos sociétés occidentales. Le doute n'est-il pas le plus fidèle ennemi de la spéculation ? Virginia Woolf met tout par terre : la temporalité morne des banquiers et la domination patriarcale.

Il est vrai que son « engagement » est purement artistique, que malgré des sympathies politiques affichées, elle n'adhéra jamais à aucun parti, au contraire de Sylvia Townsend Warner, sa contemporaine, qui à la même époque – mais issue d'un milieu différent – décida d'aller au bout de ses convictions en prenant sa carte au parti communiste. C'est presque plus dérangeant, d'ailleurs, cette grande dame de la bonne société anglaise, héritière de l'establishment victorien le plus étroit, qui se permet, en franc-tireur, sans s'appuyer sur un groupe ni sur la moindre théorie, de faire vaciller les divers credo de sa classe, sans pour autant la renier. Un mélange d'insolence, d'honnêteté, d'indifférence et de bonne foi fonde le rapport de Virginia Woolf à son époque. Elle n'a jamais la vanité de prétendre changer le monde, car son ambition est tournée vers la seule affaire qui l'occupe vraiment : la littérature. Et nous revoilà le nez contre un nouveau paradoxe, car l'engagement artistique, quand il est poussé à l'extrême, coïncide forcément avec un geste politique.

Et elle était là

Virginia Woolf se défend du démon de l'angoisse à travers son œuvre par la mise en place d'une mystique quasi animiste. Dans la lettre à John Lehmann, elle explique que les poètes anciens continuent à vivre à travers les poètes nouveaux qui les lisent et poursuivent l'œuvre interrompue par la mort.

Dans *Mrs. Dalloway* – qui a d'abord reçu pour titre *Les Heures* – l'auteur choisit de sacrifier un personnage pour en sauver un autre. L'œuvre qui « encapsule » l'éternité de l'être dans la journée d'une femme du monde héberge une forme d'échange inédit, un nouveau genre de contrat qui rend le marché faustien caduc : Clarissa Dalloway vit et Septimus Smith meurt. Les deux personnages n'interagissent jamais. Clarissa organise une soirée, sort acheter des fleurs, revoit son amour d'antan, se pose des questions sur sa fille, se tourmente et s'apaise ; Septimus Smith, pauvre garçon au bout du rouleau, victime d'hallucinations, erre d'abord dans Londres en compagnie de son épouse désolée, pour finir par se jeter par une fenêtre. Clarissa et Septimus ne se rencontrent pas. Elle entend parler de lui : « Un jeune homme s'était suicidé. Et ils en avaient parlé à sa réception – les Bradshaw avaient parlé de la mort. Il s'était suicidé – mais comment ? Chaque fois qu'elle entendait parler d'un accident, aussitôt son corps le revivait brusquement ; sa robe prenait feu, son corps brûlait. Il s'était jeté par la fenêtre. » Quelle inconvenance de la part de convives et quelle porosité chez l'hôtesse ! Mais ce qui aurait pu « gâcher la soirée », sauve la vie de Mrs. Dalloway. « Lui l'avait sauvegardée. La mort était un défi. » Succède à la surprise et à l'horreur provoquée par la nouvelle, une extase proportionnelle : « Mais quelle nuit extraordinaire ! D'une certaine façon, elle se sentait semblable à lui – à ce jeune homme qui s'était tué. Elle était heureuse qu'il l'ait fait ; qu'il ait tout rejeté pendant qu'eux continuaient à vivre. »

Cela fait-il écho à un genre de rationalisation à laquelle Virginia adolescente, puis jeune femme, dut avoir recours pour accepter son statut de « survivante » ? Après la mort de Julia, sa mère, après la mort de sa demi-sœur Stella, après la mort de son frère Thoby, il lui fallut admettre que son existence devait plus à une forme de statistique macabre (un certain nombre de personnes doivent mourir, une autre portion de la population doit vivre) qu'à une santé solide. Elle avait perçu le décès de sa mère comme une disparition à la fois inexplicable et quasi « burlesque », tant Julia paraissait forte, inébranlable et active. Elle en conçut sans doute un rapport infantile à la perte, dans lequel la magie et une certaine indifférence pallient l'impossibilité de l'élaboration. Une série de deuils ravigote (ce qui ne me tue pas me rend plus fort), une série de deuils sème ses fantômes (ils me hantent, comment m'en libérer ?). Clarissa Dalloway illustre la première proposition, tandis que Septimus Smith incarne la seconde : « Il était seul, exposé sur cette pâle hauteur, étendu – mais pas en haut d'une colline ; pas sur un rocher escarpé ; sur le canapé du salon de Mrs. Filmer. Quant aux visions, aux visages, aux voix des morts, où étaient-ils ? Il y avait un paravent devant lui, avec des joncs noirs et des hirondelles bleues. Là où un jour il avait vu des montagnes, des visages, là où il avait vu la beauté, il y avait un paravent. »

Ce dédoublement est une des ruses que fournit le roman pour travailler sur l'immortalité. Si l'on charge l'un des personnages d'explorer le monde des fantômes, l'autre, libéré de l'amère contingence, peut se livrer infiniment à la rêverie et pousser jusqu'à son terme la réflexion sur le temps, ses spasmes, ses langueurs, ses doubles-fonds. C'est un peu comme si Clarissa Dalloway, à l'intérieur de l'espace romanesque, bénéficiait d'une forme d'immunité, comme si elle trouvait le moyen de s'accorder l'éternité : « … n'était-ce pas consolant de croire que la mort était le terme de tout ? Mais d'une certaine façon dans les rues de Londres, dans le flux et le reflux des choses, ici, là, elle survivrait… » Le marché est défini en tant que tel, la vie est une transaction : « Jamais elle n'avait cru un instant en Dieu ; mais raison de plus, pensa-t-elle en prenant le carnet, pour payer de retour dans la vie quotidienne, les domestiques, oui, pourquoi pas, les chiens et les canaris et surtout Richard, qui était à la base de tout cela. […] Il faut payer sa dette avec le trésor caché de ces moments exquis… » Et que fait Clarissa de sa journée ? Une fois qu'elle a acheté les fleurs elle-même, il ne lui reste plus beaucoup de pain sur la planche. De quoi sont donc peuplées les heures qui précèdent la réception ? Il y est très peu question de préparatifs, et le choix des vêtements est vite réglé. C'est donc le contraire de la journée d'une mondaine, l'inverse d'un traité des bonnes manières ou du bien recevoir que nous offre Virginia Woolf, car voici ce que fait Clarissa : elle revoit son amour d'antan et se livre, à partir de cette rencontre, à une réflexion sur le temps. « "Emmenez-moi avec vous", pensa Clarissa instinctivement, comme s'il partait aussitôt pour quelque grand voyage ; et l'instant d'après, ce fut comme si l'on venait de jouer les cinq actes d'une pièce très passionnante et émouvante, qui avait duré sa vie entière, comme si elle s'était sauvée, avait vécu avec Peter et que tout était fini maintenant. »

Qu'est-ce que le présent ? Qu'est-ce que la présence ?

« D'où venait cette terreur ? Et cette extase ? se demanda-t-il. Qu'est-ce qui me remplit de cette extraordinaire émotion ?

C'est Clarissa, dit-il.

Et elle était là. »

On approche d'une définition de l'être par l'émotion qu'il crée, par l'espace mental qu'il occupe chez ses proches. L'être si menacé, si instable, si cruellement insaisissable se dessine. Et c'est gai, parce que l'on sait enfin qui l'on est. Et c'est triste parce que cette connaissance se fait au prix d'un élagage impitoyable. Est-ce cela, la sagesse escomptée du grand âge ? Une philosophie du moi qui se résumerait à « je suis ce qui reste quand on a tout retiré », « je suis celui qui reste quand les autres ne sont plus ». L'angoisse liée à la quête de l'identité se solde par le constat d'une solitude immense. Le temps que je me rassure, les autres ont disparu. Si je me comprends trop bien, je ne comprends plus les autres. C'est cet écart, cette distance périlleuse qui sépare la conscience apaisée de soi et la folie menaçante issue du sentiment de solitude, que parcourt Virginia Woolf, « car les expériences de la vie sont incommunicables, et c'est ce qui cause toute la solitude, toute la tristesse humaine ».

On pourrait lire *La Promenade au phare* comme une illustration du trajet incessant de soi à l'autre, de l'être au non-être. « Mais après tout, ce thème est sentimental ; le père, la mère, l'enfant dans le jardin ; la mort, la promenade en bateau vers le phare. [...] Ce pourrait être un concentré de tous les personnages ; et puis cette chose impersonnelle que mes amis me défient de tenter, la fuite du temps, et par voie de conséquence la rupture dans mon projet. Cette partie-là (je conçois le livre en trois parties : la première à la fenêtre du salon ; la deuxième sept ans après ; la troisième, la promenade) m'intéresse beaucoup. »

La construction de ce roman nous en dit long sur la conception woolfienne du temps. La première partie porte un nom de lieu, « la fenêtre », c'est un cadre, il est fixe, les personnages s'y déplacent, échangent des promesses, des remarques acerbes, des serments d'amour, des piques. Le lecteur a la sensation de vivre « en temps réel » le déroulement d'une journée. Une journée prend cent cinquante pages. Bon, se dit-on, c'est long, mais va pour ce rythme, puisqu'il permet d'exprimer tous les errements de l'âme d'un garçonnet, tous les errements de l'âme d'un père, tous les errements de l'âme d'une mère, sans compter ceux de la jeunesse, des universitaires, des poètes et des peintres. Va pour cent cinquante pages. On s'habitue. Mais le temps passe et c'est la deuxième partie. C'est ainsi qu'elle s'intitule : « Le temps passe. » On n'est plus dans l'espace (à la fenêtre), on tombe dans le temps, sous le coup de sa loi, et soudain ça va très vite et ça fait peur. Car les personnages, de leur côté, tombent comme des mouches, au détour d'une phrase, dans une parenthèse, à l'occasion d'une incise. Les chapitres sont brefs et peu nombreux. C'est la fuite, celle que les amis de l'auteur la croyait incapable de décrire. « (Mr. Ramsay, trébuchant le long d'un couloir, allongea les bras, un matin sombre, mais Mrs. Ramsay étant morte assez soudainement la veille au soir, il les allongea complètement. Ils restèrent vides.) » La mort de Mrs. Ramsay, personnage dont la beauté, la douceur et la perspicacité nous ont séduits durant toute la première partie du roman, ne se conjugue pas. Mrs. Ramsay ne décède pas au passé simple, ou au plus-que-parfait, ni même au passé composé ; ne lui est accordé qu'un participe.

Cette désinvolture, aussi bien grammaticale que stylistique, fait écho au fatalisme tragi-comique que l'on a noté plus haut, mais il constitue aussi, pour l'auteur, « mise au défi » d'en tenter la représentation, l'occasion de faire la nique à la fuite du temps, de ricaner de la mort et de se payer le luxe de la mettre entre parenthèses. Cette mise entre parenthèses, qui intervient à plusieurs reprises (mort de Mrs. Ramsay, mort de sa fille Prue, mort de son fils Andrew), marque à la fois une forme d'indifférence et une mise à distance dans laquelle l'humour permet de survivre à l'anxiété dévorante.

Le 20 novembre 1906, Virginia Woolf écrit à son amie Violet Dickinson, malade de la typhoïde. Elle espère la distraire et craint de l'inquiéter. Thoby est mort le matin même, du même mal, contracté dans des conditions semblables. Il n'en est pas question dans la lettre. Mise entre parenthèses. Cinq jours plus tard, elle fait revenir son frère à la vie, le temps d'informer Violet que le cerveau de Thoby fonctionne parfaitement et que le médecin les a assurés que son cœur pouvait supporter la charge de travail de deux hommes. Comment nomme-t-on cette sagesse qui incite à retarder le deuil pour sauver la vie d'un être cher ? Mensonge ? Lâcheté ? Terreur ?

Instinct de vie.

Sickert sort son pinceau, presse son tube de peinture, observe le visage ; puis, enrobé de silence, ce don divin, il peint – mensonge, insignifiance, splendeur, dépravation, endurance, beauté –, tout y est et nul ne peut dire : "Mais sa mère ne s'appelait pas Mary, mais Jane." […] Les mots sont un procédé impur ; être né dans le royaume silencieux de la peinture est infiniment préférable.

V. W.

Rencontre avec le peintre
« Pourquoi parler de la sincérité
de toutes ces saletés ? »

En 1910, Roger Fry fait son entrée dans le groupe de Bloomsbury. C'est un peintre, un critique, un expert en art. Il semble bien mesuré et paisible comparé aux artistes qui entourent Vanessa et Virginia. C'est le grand frère, l'initiateur, le plus sage et le plus téméraire aussi. Il est visionnaire mais connaît l'institution, son pouvoir et ses failles. Il possède le recul et la souplesse acquise par force de qui a été souvent déçu. Son humeur – alternativement rêveuse et entreprenante, dubitative et violente – a été tempérée, autant par les échecs que par les responsabilités. Il est plus âgé. Il les attire. C'est l'amant de Vanessa et l'un des plus proches amis de Virginia.

Peintre ignoré, il a vécu à New York, où il travaillait comme acheteur pour le Metropolitan Museum. Les gongs de la vie, ces fameux chocs sur la tête qui font grandir les enfants et vieillir les adultes, ont déjà retenti à ses oreilles ; il n'a pas été épargné. Sa carrière de peintre a tourné court et sa femme, qui a lentement sombré dans la psychose, vit en asile. Selon les termes de Virginia Woolf, son amie et biographe, « il avait l'air usé, mûri, ascétique mais solide ».

Sous ses apparences de respectabilité et de calme se cache une nature rebelle, un esprit inventif et imperméable aux compromis. Lorsque la National Gallery de Londres lui propose un poste de directeur, il décline l'offre. Pourquoi gérer un fonds classique alors que le monde est plein de jeunes artistes inconnus et incompris ? S'il manque de confiance en lui, il ne manque pas de foi en les autres et en l'appréciation qu'il a de leur talent. Il est intrépide. Sa force et le rayonnement qu'il eut sur le cercle de Bloomsbury sont liés à sa conviction que « toutes les passions, même pour des pavots rouges, exposaient au ridicule ».

Du 8 novembre 1910 au 15 janvier 1911, il organisa à Londres une exposition réunissant, sous le titre « Manet et les postimpressionnistes », de nombreuses toiles de Cézanne, Gauguin, Van Gogh et Matisse ; s'y trouvaient aussi deux Picasso, deux Seurat, et des œuvres de Signac, Rouault, Derain et Odilon Redon. Cette initiative fut perçue à l'époque comme un événement à teneur hautement subversive. « Le public, écrit Virginia Woolf dans sa *Vie de Roger Fry*, fut secoué par des paroxysmes de colère et de rire… C'était une plaisanterie, c'était se moquer du monde. Une grande dame exigea qu'on rayât son nom du comité. Un gentleman, devant un portrait de Mme Cézanne par le peintre, se mit à rire si fort que l'on dut le faire sortir et l'obliger à prendre l'air durant cinq minutes… Le secrétaire dut apporter un registre pour que le public pût se plaindre par écrit… Cette peinture était scandaleuse, puérile… Des parents envoyèrent des gribouillages de leurs enfants en affirmant qu'ils étaient très supérieurs aux œuvres de Cézanne. »

Le critique le plus influent du *Times* ne rata pas une si bonne occasion de s'indigner : « C'est encore la vieille histoire de l'époque de Théophile Gautier – le but de l'artiste doit être d'épater le bourgeois et surtout pas de lui plaire !… » Après quoi, il crut bon d'ajouter que le temps, « seul classificateur impeccable », confirmerait sans doute son jugement.

Dans le même mouvement, d'éminents médecins considérèrent que les tableaux exposés offraient « de nets signes de démence » et le docteur Hyslop, qui traita Virginia Woolf durant un temps, alla jusqu'à donner une conférence, en présence de Roger Fry, au cours de laquelle il expliqua ses raisons de penser que ces tableaux étaient des œuvres de fous.

Virginia Woolf consultait un psychiatre qui considérait les œuvres comme un symptôme. On imagine qu'elle suivait ses conseils, « pas trop de couleurs, pas trop de touches, du calme, beaucoup de calme », cette fameuse tranquillité sur ordonnance dont certains médecins jugeaient qu'elle saurait seule protéger les femmes des sursauts déments de leur utérus, les mettre à l'abri de cette maladie au nom si tendancieux, l'hystérie. Le docteur Hyslop jugeait Virginia Woolf folle et on redoute de savoir ce qu'il pensait de ses livres (les a-t-il lus ?). Car les livres de Virginia Woolf sont bel et bien fous, aussi fous que les tableaux de Matisse ou de Van Gogh.

Mais de quelle folie s'agit-il au juste ? Et pourquoi tant d'émoi ?

Retour aux pavots rouges. Première passion de Roger Fry, au sujet de laquelle il écrivit – et on croirait presque entendre parler un personnage de Virginia Woolf : « Les plantes que j'achetais et que je collais dans le sol avec de la boue faite à l'arrosoir avec du terreau – les graines que je semais ne répondaient jamais à mes attentes, et la plupart du temps refusaient même de pousser, mais les pavots dépassaient toujours mes rêves les plus fous. Leur rouge était toujours plus rouge que ce que je pouvais imaginer en fermant les yeux… je me souviens d'un moment où cette plante pullulait de gros bourgeons verts où perçaient, dans les fentes des sépales, de petits morceaux de soie pourpre froissée. Quelques-uns étaient déjà en fleur. Je ne pouvais rien concevoir au monde de plus exaltant que de voir soudain la fleur éclater de sa gangue verte pour déployer son immense corolle rouge. Je supposais que cela se produisait brusquement et qu'il suffisait d'être patient pour assister à l'événement. Un matin je restai à l'affût devant un bourgeon prometteur, pendant ce qui me parut être des heures, mais rien ne se passant, je me fatiguai et je courus dans la maison pour y chercher un tabouret, le plus vite possible, car je redoutais que le miracle n'eût lieu en mon absence ; puis je restai à épier la fleur durant ce qui me sembla être une éternité de plus et qui sans doute dura bien une demi-heure. Finalement ma grande sœur me surprit, éclata de rire, et tous mes aînés se moquèrent de moi quand ils surent l'histoire, car toutes les passions, même pour des pavots rouges, exposaient au ridicule. »

Lorsque Roger Fry fit la connaissance de Vanessa et Virginia, il revenait de voyage. Un voyage aux États-Unis, mais aussi un voyage au bout de la folie avec son épouse, et un voyage au pays du ridicule car il était trop moderne, trop intransigeant, trop en avance sur son temps. La démence, celle dont les bourgeois londoniens s'offusquèrent au cours de l'exposition, était l'avers de ce fameux sentiment cuisant qui ne lâchait jamais Roger Fry et poursuivit Virginia Woolf toute son existence ; cette poignante impression d'être ridicule.

Mais revenons au sens de cette folie présumée qui

s'apparente, on le comprend en lisant le récit d'enfance de Roger Fry, à l'expression d'une passion. C'était sans doute fort inconvenant à l'époque de simplement s'enthousiasmer. « Mais qu'est-ce qui lui prend ? » disaient les uns. « Un peu de tenue », réclamaient les autres. La bonne société ne pouvait contenir ce genre de débordement. L'*understatement* – la retenue – était le secret du chic et de la distinction, le garant de la bonne moralité qui régnait sans partage, la norme. On peut ainsi analyser le choc que ressentirent la plupart des visiteurs de l'exposition des postimpressionnistes : ils ne comprenaient pas, c'était donc l'œuvre de dingues. C'était coloré, incandescent, brutal, c'était par conséquent le travail de personnes instables, voire dangereuses. Et c'était une menace parce que cela révélait la violence étouffée des rapports sociaux, l'épaisseur de la gangue dans laquelle étaient repliés des siècles de préjugés et de conformisme.

J'ai eu ma vision

On a souvent dit – et elle en témoignait elle-même –
que Virginia Woolf entendait des voix. Des oiseaux
chantaient en grec. Pour le reste, on ne sait trop ce
qu'exprimaient les paroles fantômes. C'était durant ces
périodes où son esprit épuisé trébuchait au bord du
gouffre, qu'alitée durant des semaines où elle buvait
du lait à heures fixes elle laissait courir ses pensées
sans objet, chiens fous que l'inertie du livre-traîneau ne
retenait plus. Voilà pour les souffrances. Ce qu'on dit
moins, c'est qu'elle avait des visions, pas des hallucinations, plutôt une perception optique aiguë, une sensibilité à la forme, à la lumière, à la couleur, qui aurait pu
faire d'elle un peintre.

Ses souvenirs d'enfance sont placés sous le signe de la
boule, la boule de mercure, légère et scintillante. « Et je
me demande quelquefois, écrit-elle dans son *Journal*, si
nous ne sommes pas hypnotisés par la vie comme l'est
un enfant par une boule d'argent ? » Il y a aussi la

sphère plus petite, plus fragile du grain de raisin dans lequel se situe, ou plutôt s'origine, le plus lointain souvenir ; grain de raisin à la peau translucide, comme un œil à l'intérieur duquel on est enfermé, un œil qui voit tout, qui voit mieux, car il n'est borné d'aucune orbite.

Virginia conçoit très tôt, comme elle le fait dire au narrateur d'*Orlando*, que « la nature et les lettres semblent entretenir une antipathie naturelle : mettez-les en contact et elles s'entredéchirent ». Elle passe la moitié de ses journées à se promener, s'émerveillant de la perfection et de la complexité du monde, de sa splendeur aussi : « Quant à la beauté de tout cela, je l'ai toujours dit, quand je me promène sur la terrasse après le petit déjeuner, c'est trop pour un seul regard. Cela suffirait à combler de joie tout un peuple pour peu qu'il consentît à regarder. » Car il s'agit bien de consentir, d'accepter l'intrusion irréparable de la beauté, de concéder la blessure que l'on ressent lorsque la contemplation est sincère, attentive, patiente, et que le cœur n'est pas de pierre. C'est trop, écrit-elle, et c'est massif, c'est d'un seul coup, même si le regard fait le point sur un détail, sur le loin ou sur le proche, il embrasse et, au moment de l'étreinte, ne fait pas le tri.

La disposition qui est la sienne, cette extraordinaire sensibilité à la vision de Virginia Woolf, n'est pas si commune qu'on pourrait le penser. Nous sommes nombreux à avoir des yeux, mais quand nous les ouvrons, que voyons-nous ? Une maison, son toit au-dessus, le ciel, dans le ciel un oiseau. À chaque forme correspond un mot, mais voyons-nous ce qui n'a pas de nom ? « L'aspect des choses, écrit Virginia Woolf, exerce un grand pouvoir sur moi. Même maintenant, il me faut regarder les corneilles lutter contre le vent qui est très haut, et je continue à me demander instinctivement : "Comment décrire cela ?" en essayant de rendre de plus en plus vivante la force des courants de l'air et la palpitation des ailes de l'oiseau qui les fend, comme si cet air était tout en crêtes, en rides, en aspérités. Les ailes se soulèvent et plongent de bas en haut, de haut en bas, comme si l'exercice les frottait et les stimulait, tels des nageurs sur une mer houleuse. Mais comme je suis malhabile à inspirer à ma plume ce qui est évident à mes yeux ! Et pas seulement à mes yeux mais à quelque fibre nerveuse, à quelque membrane épanouie de ma nature humaine. »

Cette membrane vibratile, c'est le siège de l'écriture, mais pas celui de toutes les écritures. Certains romanciers préfèrent travailler à l'intérieur d'un monde de mots ; l'atome de l'œuvre n'est pas puisé dans le réel vaste et commun du quotidien, il est tiré du langage, le jeu se joue entre signifiants. Ces poètes-là font un chemin différent, un chemin qui suppose qu'hors de la langue point de pensée. C'est une façon de voir. Pour Virginia Woolf, et d'autres poètes de la vision, l'impression que le monde a produite avant la maîtrise du langage demeure le creuset inépuisable des récits, des projets, des exaltations littéraires.

Cynthia Ozick définit ainsi l'épiphanie, la rencontre stupéfiée d'un sens caché dans lequel s'origine le désir d'écrire : « Disons qu'on a cinq ans, qu'on flâne dans la chaleur sirupeuse du soleil en contemplant d'un œil vague les paillettes micacées blanc d'argent qui parsèment les pavés, on se sent soudain assiégé par l'étrangeté : on comprend, pour la toute première fois, qu'on est vraiment en vie, et que le monde est réellement vrai ; et cette étrangeté se ramifie en rivières de questionnements. »

C'est une transe, un moment d'hébétude, un ravissement. C'est par les yeux que le monde est entré. C'est cette transe, cette hébétude, ce ravissement que cherche à retrouver l'auteur des *Vagues* lorsqu'elle aborde son nouveau projet de livre : « Ce pourrait être des îlots de lumière, des îles dans le courant que j'essaie de représenter ; la vie elle-même qui s'écoule. Le vol des éphémères puissamment attirés en ce sens. Une lampe et un pot de fleur au centre. » On croirait assister à la composition d'un tableau. Les livres de Virginia Woolf se fabriquent ainsi. « J'ai eu ma vision », dernière phrase de *La Promenade au phare*, prononcée par le personnage de peintre, Lily Briscoe, pourrait être la phrase inaugurale de tous les romans. C'est de là que ça part, hors des mots, une sorte de rêve éveillé, dans lequel l'intrigue n'a pas encore sa place. Une boule, miroitante, fascinante, hypnotique, un monde contenu qu'il va falloir décrire. Et les ennuis commencent. Les ennuis et le ridicule.

Car il est extraordinairement difficile de traduire en mots ce qui, pour parvenir au cerveau, n'a pas emprunté le canal de la cognition. Il faut décrire tout en évitant le recours aux formules anciennes, aux associations d'idées, au vieux couple fatigué du substantif et de son adjectif, il faut dire ce qu'on voit avant, surtout avant, de comprendre ce que l'on voit, car au moment de l'analyse, une déperdition s'opère : on ne retient – et c'est la « malédiction des mots » dont parle Virginia Woolf – que ce qui a un nom.

Cette méthode apparemment contradictoire qui consiste à utiliser les mots à leur insu, à détacher l'écorce de langue du tronc du réel, juste un instant, juste le temps de retisser de nouveaux liens, n'est pas sans risques. On peut écrire des choses incompréhensibles, lourdes, pataudes, obscures. « Mais à quoi bon écrire, si on ne se rend pas ridicule ? » demande Virginia dans une lettre à Clive, juste après avoir confié qu'elle considérait *Les Vagues* comme un ratage, incohérent, trop difficile, trop saccadé.

Aller de l'avant

Tous les jours, Virginia Woolf se promène, on pense au merveilleux personnage de Sylvia Townsend Warner, Laura Willowes, cette vieille fille ayant d'étranges affinités (et des conversations passionnantes) avec le diable. C'est une tradition anglaise, cette manie de marcher, de rouler à vélo, par tous les temps, même sous la pluie, même par grand vent. Hygiène de vie. Économie de chauffage. Passion pour la leçon de choses. Virginia se balade, regarde, s'exalte et construit.

« Le soleil ruisselle (non, il ne ruisselle pas, il inonde plutôt), baignant les champs jaunes et les longues fermes basses ; et que ne donnerais-je pas pour déboucher à cet instant des bois de Firle, sale, tout échauffée, le nez tourné vers la maison, les muscles las et le cerveau imprégné de douce lavande, régénéré et rafraîchi ; prête enfin pour la tâche du lendemain. Je remarquerais toutes choses ; la phrase pour les décrire arriverait l'instant d'après, y adhérant comme un gant. » La phrase épouse la nature. La pastorale est pourtant bien loin, car la nature est une inspiration avant tout pour le plaisir qu'elle procure ; un plaisir purement sensuel, loin de l'idéalisation moralisatrice liée à une innocence supposée de la faune et de la flore. Pour témoin : le crocus. Cette fleur précoce et mystérieuse, jaune, blanche ou violette qui se dresse dans les pelouses endormies par l'hiver. Le crocus de Virginia Woolf, comme le pavot de Roger Fry, évoque la passion contenue, prête à exploser, une image de la sexualité latente de l'enfance, de l'homosexualité latente de la femme mariée.

Dans une lettre à Vita Sackville-West de janvier 1926, Virginia écrit : « C'est un soir bleu et doux et on allume les lumières sur Southampton Row : je dois vous dire que lorsque j'ai vu des crocus, hier, sur la place, j'ai pensé : Vita. » En écho à Mrs. Dalloway songeant « qu'elle ne pouvait résister parfois au charme d'une femme, pas d'une jeune fille, mais, comme c'est souvent le cas, d'une femme faisant l'aveu de quelque petit embarras, de quelque sottise… Alors, pendant cet instant, elle avait vu un embrasement ; une allumette brûlant dans un crocus. » Tiens, qu'est-ce que c'est que ça ? Une allumette brûlant dans un crocus. C'est le risque de la métaphore, se ficher du sens pour donner la priorité aux sens. Un genre nouveau de réalisme, dans lequel la loyauté ne se déploie qu'envers l'impression produite sur le corps.

Dans une lettre à Ethel Smyth, Woolf se livre à la critique de Brewster et des écrivains américains en général : « Je ne dirais jamais que ses livres sont mal écrits parce qu'ils ne sont pas littéraires – en fait, selon moi, comme la plupart des Américains, il est beaucoup trop littéraire en un sens – trop achevé, suave, poli et maîtrisé ; il se sert de son cerveau, pas de son corps ; et si je dis de lui que ce n'est pas un écrivain-né, c'est justement parce qu'il écrit trop bien – ne prend aucun risque – refuse de plonger de trébucher et de s'élancer vers des rameaux hors de portée, à l'inverse de moi qui, pour être modeste, l'ai fait en mon temps. » Et pourquoi ne pas aller jusqu'à dire, comme elle le note dans son *Journal* le 27 avril 1926, que « les métaphores même mauvaises, si elles sont bien utilisées, sont bonnes » ?

Les métaphores sont un des moyens qu'utilise Virginia Woolf pour révolutionner le roman. Elle en a soupé des histoires édifiantes qui feraient presque croire que la vie a un sens, que l'existence s'organise selon un schéma simple et ordonné. Il s'agit pour elle de rendre compte du chaos, des paradoxes, de la complexité. Rompre avec le vieil art du récit dont elle décrit si bien l'approximation dans une des pages mémorables de son *Journal* de 1928 : « Disons que l'instant est une combinaison de pensée, de sensation, plus la voix de la mer.

Déchet, inertie proviennent de ce que l'on inclut dans l'instant des données qui n'en font pas partie. Passer du déjeuner au dîner, cet épouvantable procédé narratif du réaliste, est faux, irréel, purement conventionnel. »

Virginia va défigurer le roman.

Elle est entourée de peintres. Elle les voit travailler, admire leurs tableaux. Ils ont réussi à s'émanciper du contour, pensent lumière avant forme, et pourquoi pas chaleur avant blé, ou scintillement avant eau. Ils dessinent comme des enfants (car la vérité sort parfois de la bouche des bourgeois offusqués) et ne rendent plus aucun compte aux notions trop étroites de ressemblance ou de vraisemblance. Le 22 mai 1927, elle note à propos de l'accueil fait à l'un de ses romans les plus visionnaires, *La Promenade au phare* : « Lord Olivier m'écrit pour me dire que mon horticulture et mon histoire naturelle sont en tout point erronées : il n'y a pas de freux, ni d'ormes, ni de dahlias aux Hébrides ; mes moineaux aussi sont dans l'erreur ; ainsi que mes œillets. [...] C'est le genre de problèmes que les peintres ignorent. »

Et voici Virginia, dans l'une de ses poses favorites, celle de l'écrivain qui aurait tant aimé être peintre. Elle voudrait faire « quelque chose d'abstrait ». Mais comment y parvenir quand on est condamné à utiliser ces étendards que sont les mots. Arrêter la figuration, faire comme les peintres, utiliser des blocs, des rapports de masse, redéfinir la perspective, tordre les angles. Interrompre le trajet automatique du mot à la chose, court-circuiter le réseau cognitif, craquer une allumette dans un crocus.

On serait tenté de faire une collection de ces trouvailles, de les exposer, tels des joyaux, de les agiter sous le nez des tenants d'un hypothétique bon goût littéraire. Comme s'il pouvait s'agir d'une affaire de goût. Alors que c'est tellement plus sérieux, que c'est une question de bravoure, d'audace, de défi, qu'il faut tant d'énergie pour mener à son terme ce combat de la modernité. Les yeux dessillés voient la lumière en face. Ils s'y brûlent. Croire que l'écrivain est à l'abri du monde, sur sa petite chaise, bien calée derrière son bureau, c'est oublier que la lucidité exige un très haut degré de concentration et qu'elle expose l'âme aux radiations mortelles du vrai. On en revient aux « illusions bénies qui nous font vivre ».

Écrire comme Virginia Woolf le fait, sans la moindre concession aux conventions, c'est prendre le risque d'y voir trop clair dans l'absurdité des destinées humaines. « Voyons, la vie est-elle très solide ou très précaire ? Je suis hantée par ces deux idées opposées. Cela dure depuis toujours ; durera toujours, va jusqu'au tréfonds du monde sur lequel je me tiens à cette minute même. Mais également transitoire, passagère, diaphane. Je passerai comme un nuage sur les vagues. Peut-être, bien que nous changions, volant l'un après l'autre, si vite, si vite, se peut-il que nous soyons en quelque sorte successifs et permanents, nous, les êtres humains et que nous laissions transparaître la lumière ? »

Ce n'est pas le ridicule qui tue, c'est juste la fatigue.

« Le diabolique, quand il s'agit d'écrire, c'est que cela exige de garder tendu chaque nerf. »

Alors il faut aller de l'avant, ne pas se poser, poursuivre.

« Et puis une fois sur la route poudreuse, tandis que j'appuierai sur les pédales, mon histoire se raconterait d'elle-même. Ensuite le soleil se coucherait et ce serait la maison et un assaut de poésie après le dîner, à moitié lue, à moitié vécue, comme si la chair se fût dissoute pour laisser surgir des fleurs rouges et blanches. »

Métaphore est le mot grec qui signifie transport. La métaphore fait se chevaucher les sens, invente des raccourcis. C'est, en ce début du vingtième siècle, l'outil le plus adéquat pour traduire la rapidité, le mouvement, ces notions si nouvelles et si importantes pour comprendre la modernité. L'espace et le temps ne sont plus deux catégories séparées, il devient impossible de penser l'un sans l'autre et, du coup, impossible aussi de concevoir l'immobilité. Tout bouge, tout se propage. Le monde est beaucoup plus animé qu'on ne le croyait et, derrière chaque forme, apparemment stable, apparemment tranquille, se cache un tourbillon incessant d'atomes qui s'agitent. Sous les fronts lisses, derrière les sourires de façade, sous les paroles convenues, s'agitent les pensées, c'est très rapide, trop rapide pour la conscience. Ça se passe ailleurs, et c'est un chaos comparable à celui de la matière. Un tourbillon incessant d'impressions. En nous, cela s'agite aussi.

N'est-ce pas effrayant ?

Quelle littérature pourra en rendre compte ? Quelle peinture pourra montrer le véritable visage de l'humain, à la fois de face, de profil et de dos, avec son sourire et sa grimace, le visage de l'enfant et le visage du vieillard ? Qui saura faire le portrait de cette époque ? Comment casser l'ancien moule ? Comment s'abstraire ?

Tentative d'abstraction réussie

« Voyons, pour écrire – ou pour n'importe quoi –, je crois qu'il faut être capable de se recroqueviller en boule pour frapper les gens en pleine figure. »

Le geste, l'impact.

Écrire comme un boxeur. Écrire comme un peintre. L'art et le sport. On songe souvent aux toiles de Nicolas de Staël en lisant les romans de Virginia Woolf. L'un et l'autre traduisent la vitesse et la force sans épargner l'observateur ou le lecteur. C'est une confrontation qui en met plein la vue. « Onze jours sans rien consigner, note Virginia Woolf dans son *Journal*, à la date du 15 février 1919. Mais je crois que si j'étais peintre, il m'aurait suffi d'un pinceau trempé dans une couleur brunâtre pour donner la tonalité de ces onze jours. » C'est cette rapidité d'exécution que l'écrivain envie surtout à la peinture. Le trait unique, la lecture immédiate. L'œil perçoit l'ensemble et tout est là, en même temps. Comment parvenir à un choc comparable ?

Lorsqu'elle parle de son travail, de ses livres en cours, Virginia Woolf utilise, la plupart du temps, des métaphores picturales. La toile n'est pas encore couverte, j'ai barbouillé, dit-elle, on voit encore la trame. Outre l'inévitable jeu d'identification avec sa sœur, Vanessa, il s'agit pour Woolf de décrire un art hybride.

Comment s'affranchir de la rigidité du roman ? En le mettant à tremper dans la térébenthine. Utiliser l'image comme solvant du mot. Casser la chronologie mortelle – celle du réaliste qui passe du déjeuner au dîner – en intercalant des portraits, des tableaux. S'abstraire de l'intrigue, de sa linéarité tuante, en glissant des arrière-plans, des profondeurs, en jouant avec la perspective, avec l'alternance du plan large et du gros plan. Virginia Woolf est peintre. C'est un échange. Dans les mêmes années, les plasticiens surréalistes commencent à écrire sur la toile et autour d'elle, utilisant les mots comme des objets, sans toutefois se passer de leur sens. C'est le début du mélange. Le classicisme éclate et les académies se fissurent. Les poètes utilisent la couleur, les peintres s'emparent du mot.

« Par exemple, voilà que le soleil surgit et que tous les rameaux supérieurs des arbres sont comme plongés dans le feu ; les troncs sont vert émeraude ; l'écorce, elle aussi, violemment teintée et changeante comme la peau d'un lézard. Puis voici la colline d'Asheham voilée de fumée ; ces taches de soleil, ce sont les vitres d'un long train à la fumée rabattue en arrière sur les wagons, comme les oreilles d'un lapin. Ma carrière de craie devient rose ; et ma prairie basse, luxuriante comme en juin – jusqu'au moment où l'on s'aperçoit que l'herbe est courte et rêche comme la crête d'un requin aiguillat. » Voici un des nombreux tableaux qui jalonnent l'œuvre de Virginia Woolf. Son œuvre comme une galerie d'art : vastes salles, toiles monumentales, esquisses et miniatures. Pas des intermèdes, pas des interludes, mais des miroirs pour l'écriture, des lames à couper l'intrigue, des pales à découper le temps, à rompre le déroulement fallacieux de la cause vers son effet.

Cet extrait est tiré du *Journal* ; on trouve cependant son équivalent dans les romans, et ceci de plus en plus systématiquement à mesure que le temps passe. Dans *Les Vagues*, chaque chapitre est inauguré par une de ces toiles, chacune de ces toiles couronnée par une indication de temps et de lumière : « Le soleil ne s'était pas encore levé », « Le soleil prenait de la hauteur », « Le soleil continuait de monter », « Le soleil levé ne reposait plus sur son matelas d'eaux vertes », « Le soleil avait atteint toute sa hauteur », « Le soleil n'était plus au milieu du ciel », « Le soleil s'était abaissé vers l'horizon », « Le soleil sombrait », « Le soleil s'était enfin couché ». Neuf apparitions de l'astre, de l'orient à l'occident, sur un paysage de grèves, de sous-bois, de campagne. Une journée passe, de l'aube au crépuscule, mais le roman s'étend pourtant sur plus de trente années.

À quoi correspondent ces tableaux d'une luxuriance étonnante, ces visions traversées de lumière dont l'humain est absent ? On n'y rencontre que des oiseaux, des escargots, des vers.

C'est dans *La Promenade au phare* qu'on trouve la réponse à cette énigme. « Des violettes pointèrent, et des jonquilles. Mais la paix et l'éclat du jour étaient aussi étranges que le chaos et le tumulte de la nuit, avec ces arbres plantés là et ces fleurs plantées là, qui regardaient devant eux, en l'air, sans cependant rien voir, étant sans yeux, et pour cela, horrifiants. » La nature sans l'homme se venge d'être contemplée en ne contemplant rien.

On retrouve ce procédé dans *Les Années*, avant-dernier roman de l'auteur, son plus grand succès (quarante mille exemplaires vendus en sept mois) et sa seule œuvre n'ayant pas emporté l'adhésion de Leonard qui la trouve moins forte, moins achevée que les précédentes.

La narration se découpe en époques, en années, *1880, 1891, 1907, 1908, 1910, 1911, 1913, 1917, 1918, Le temps présent*. On passe d'une époque à l'autre par un genre de bulletin météorologique. Il y est question de saisons, de nuages, de chaleur, d'herbe qui jaunit, d'ombre succédant à la lumière, de gel, de pluie. Une fois cette toile de fond déroulée, les personnages apparaissent. Ils appartiennent tous plus ou moins à la même famille, les Pargiter. Ils se rendent visite, ils parlent. On ne parvient pas toujours à les identifier – c'est le risque et le vertige de la saga – et les générations se succèdent. Les cousins reviennent de voyage, les frères meurent, les sœurs se marient. On n'assiste jamais ni au voyage, ni à la mort, ni au mariage. Tout se déroule hors cadre. Tout se déroule dans un volume siamois qui n'existe pas et qui aurait été un bon gros roman joufflu à l'ancienne manière. Virginia jette la viande et ne garde que les os. C'est le ragoût nouvelle mode. On peut s'y casser les dents. Le livre est pourtant d'une justesse et d'une fidélité stupéfiantes sur le passage du temps, sur la précarité de la vie, sur la famille, ces fameux liens du sang qui nous retiennent on ne sait comment. S'y retrouve ce mélange de familiarité et d'indifférence qui caractérise les fratries nombreuses.

Eleanor, l'une des rares figures à traverser le roman de bout en bout, s'interroge dans les dernières pages sur le sens de la vie. Elle ne s'est jamais mariée, n'a pas eu d'enfants, elle a observé, et regrette de ne toujours pas comprendre : « Mais où était-elle ? Dans quelle pièce ? Dans laquelle des nombreuses pièces ? Il y avait toujours des pièces ; toujours des gens. Depuis toujours, depuis le début des temps… Il doit y avoir une autre vie, songea-t-elle, en s'affalant de nouveau dans son fauteuil, exaspérée. Pas dans les rêves ; mais ici et maintenant, dans cette pièce, avec des êtres vivants. Elle se sentait comme au bord d'un précipice, les cheveux plaqués en arrière par le vent ; elle était sur le point de saisir quelque chose qui venait de lui échapper. Il doit y avoir une autre vie, ici et maintenant, répéta-t-elle. Celle-ci est trop courte, trop morcelée. Nous ne savons rien, rien de nous-même. »

C'est si juste. Nous ne savons rien. Quelle est donc cette escroquerie qui fabrique le faux savoir du roman classique, dans lequel tout s'organise, dans lequel les questions trouvent leurs réponses ? Puisque nous ne savons rien et puisque nous voulons rendre compte fidèlement, ne gardons que les crêtes, acceptons que la chair nous échappe, seule la structure demeure, l'ossature, car le reste périt dans l'instant. Les Pargiter se suivent, certains se ressemblent, d'autres non, ils trébuchent, l'un se relève, l'autre demeure à terre, et puis il y a la guerre et, finalement, on est comme suspendu, le lecteur est suspendu, quelque part dans ce ciel qui nous est offert à chaque ouverture d'époque, on est là-haut et on assiste à l'affolement de la fourmilière, sans plus d'inquiétude ni d'excitation. On s'abstrait. Un peu comme Peggy, la doctoresse inflexible qui, lors de la fête finale organisée par Delia, se soustrait à l'atmosphère à la fois joyeuse et tendue et ne voit plus personne, n'entend plus personne. L'œil se resserre, le cadrage se rétrécit, on descend, on ne voit plus que des pieds. « Puis, peu à peu le flou se fit net ; elle vit la ligne de la bibliothèque, face à elle ; le ruban de mousseline sur le sol. Puis deux pieds larges, dans des chaussures serrées, si bien que les oignons saillaient, s'arrêtèrent devant elle.

Durant un instant personne ne bougea ; personne ne parla. Peggy restait assise, immobile. Elle ne voulait ni bouger, ni parler. Elle voulait se reposer, s'adosser, rêvasser. Elle se sentait très fatiguée. Puis d'autres pieds s'arrêtèrent devant elle, ainsi que l'ourlet d'une jupe noire. »

On est au cinéma. Science du cadrage. Le net, le flou. Le zoom.

Le destin des objets

« La seule chose qui bougeait sur le vaste demi-cercle de la plage était un unique petit point noir. En se rapprochant des côtes et des vertèbres du sardinier échoué, la relative ténuité de son noir fit apparaître que ce point possédait quatre jambes ; et chaque instant confirmait indubitablement qu'il se composait des personnes de deux jeunes hommes. Même ainsi, se profilant sur le sable, il y avait en eux une indubitable vitalité ; une indescriptible vigueur dans les mouvements, si imperceptibles fussent-ils, d'approche et de rétraction des corps, qui annonçait quelque violente discussion émise par les minuscules bouches sur les petites têtes rondes. »

C'est ainsi que l'on pénètre dans « Objets massifs », une nouvelle aussi courte que bouleversante sur le renoncement et la sagesse. On y rencontre Charles et John, deux jeunes hommes promis à une brillante carrière politique, sauf que l'un d'eux, John, s'arrête au bord du chemin, il bifurque, s'écarte de la ligne droite de son glorieux destin. Et peut-être doit-on y voir la revanche que la jeune fille trop peu éduquée prend sur les fleurons d'Oxbridge, ces fils de bonne famille qui vont à l'université, tandis que leurs sœurs – qui n'ont pas même été à l'école primaire – restent à la maison à broder, lire et se quereller avec les domestiques.

Au début, ce n'est presque rien : au cours d'une partie de ricochets, John ramasse un morceau de verre poli par la mer. C'en est fini des galets plats qui rebondissent prestement à la surface de l'eau, cet objet-là est plus massif, il est rond, il coulera. John, plutôt que de le lancer, le glisse dans sa poche et, par ce simple geste, tout en ne modifiant qu'un destin minéral, il entame sa lente dérive : « [Charles] ne s'aperçut pas – et de toute façon il n'y aurait guère pris garde – qu'après avoir regardé un instant le caillou d'un air hésitant, John l'avait glissé dans sa poche. Cette impulsion aussi était de celles qui poussent un enfant à ramasser sur un sentier un caillou parmi des centaines d'autres, et à lui réserver un avenir de chaleur douillette sur la cheminée de la chambre d'enfants, se délectant du sentiment de puissance et de mansuétude que procure un tel geste, et s'imaginant que le cœur du caillou éclate de bonheur en se voyant choisi parmi un millier d'autres cailloux, pour vivre dans la félicité, au lieu d'être laissé pour compte au froid et à l'humidité de la grand-route :

"Ç'aurait pu être n'importe lequel parmi ces millions de cailloux, mais ça a été moi, moi, moi !" »

Courte fable sur le sort, le hasard, l'élection. Parabole sur le passage furtif du sujet à l'objet. Un jeune homme brillant cesse de se préoccuper de sa carrière, de lui-même, de ses intérêts propres pour se laisser fasciner par des « objets massifs ». Car ce « prélèvement » sur la plage n'est que le début d'une nouvelle aventure. À partir de ce geste, John se désintéresse de tous les autres et ne fait plus que ça. Il cherche des morceaux, des fragments, des bouts de porcelaine, des pierres. Charles essaiera bien de le sauver, mais John est trop loin, sa demeure est emplie de débris ; au mur sont adossés un bâton et une besace, ses outils de ramasseur. La fascination de l'objet fige le sujet, brise la continuité mécaniste de la réussite facile et révèle les délices et les dangers de l'abstraction.

L'idée, c'est de faire éclater les destins exemplaires, de dévoiler leurs failles et leur fragilité, et, pour cela, pas de meilleur outil que la phrase. Une phrase à laquelle on fait subir de subtiles altérations.

Pour l'auteur du roman classique, la phrase doit se bander comme un arc : on vise, on tire et la flèche est décochée ; la phrase fait avancer l'intrigue de la manière la plus lisse et la plus directe possible. Univocité, efficacité, vraisemblance. Voilà précisément ce qui assomme Virginia Woolf. Elle invente donc une autre phrase, la phrase féminine, dit-elle dans *Une chambre à soi*, mais plus exactement la phrase antimatérialiste, la phrase ennemie du positivisme, la phrase qui ne va nulle part, s'égare, se perd, s'abstrait, équivoque et sauvage. On croyait pourtant cela impossible, s'affranchir de la figuration alors qu'on est ligoté par les mots, relever le défi de l'abstraction alors que l'on est condamné au sens.

Au procédé ample et spectaculaire que constitue l'accrochage de tableaux dans le corps du texte, correspond un mécanisme plus secret, plus invisible et plus autonome, dans la mesure où il parvient à se passer des emprunts à la peinture. Il suffit parfois d'un tiret, parfois d'une parenthèse. On rompt la continuité de la proposition en glissant une incise, mais que cette incise est longue ! On suspend la narration pour placer une digression, mais que cette digression est intéressante ! Les amateurs de romans policiers risquent fort de s'arracher les cheveux. Où va-t-on ? Ne tourne-t-on pas en rond ? Oui, peut-être, autour du sujet, autour de l'objet, il faut voir le dos pour comprendre la face, de profil on est une autre personne et pourtant la même, on n'en est plus à deux dimensions, mais à trois, mais à quatre. On ne peut plus ignorer le mouvement. Du coup, la phrase s'enroule, cahote, s'éparpille.

La lumière nous a appris que le plus court chemin n'était pas, finalement, la ligne droite. Alors on accepte d'onduler et on entre dans la tête des personnages. On entre, par exemple, dans la tête de Clarissa Dalloway et plus on y est, plus on s'y enfonce, plus on se libère. On croit que la digression ralentit la lecture, c'est le contraire, la digression est un accélérateur de perception et donc un accélérateur de compréhension.

« Mais ce jeune homme s'était donné la mort – avait-il plongé en tenant son trésor ? "Si le moment était venu de mourir, ce serait maintenant le bonheur suprême", s'était-elle dit une fois en descendant, toute en blanc.

Ou alors il y avait les poètes et les penseurs. Supposons qu'il ait été de ces passionnés et qu'il soit allé trouver sir William Bradshaw, un grand médecin, certes, mais obscurément maléfique à ses yeux, sans sexe ni désir, extrêmement poli envers les femmes mais capable de quelque crime indicible – de violer votre âme, voilà, c'était cela – si ce jeune homme était allé le trouver et que sir William l'avait impressionné, comme ça, avec sa puissance, n'aurait-il pas dit (elle le ressentait vraiment maintenant) : "La vie devient intolérable ; ils rendent la vie intolérable, ces hommes-là ?" »

Alors que nous sommes au cœur de la réception de Clarissa, à quelques pages de la fin du roman, on ignore comment se déroule la fête annoncée dès l'incipit. La résolution, loin d'être une réponse à la question angoissée de l'hôtesse – ma soirée est-elle réussie ? –, est une variation métaphysique. L'énigme ne tient pas à la couleur de sa robe, ou au prix des petits-fours, elle réside au fond de l'âme, cette âme que l'on voudrait inviolable et qui s'interroge sur le basculement de la vie vers la mort. Le roman s'affole, les tirets se multiplient, les parenthèses se dressent, arrêtant le temps, comme seule devrait savoir le faire l'image. Capturant l'instant comme seule sait le faire la peinture.

Et l'on pense au phare, à ce phare dont Roger Fry demanda à Virginia Woolf qu'elle lui en dévoilât la signification.

De quoi est-il le symbole? questionna-t-il. De rien, mon ami, de RIEN.

L'infinie supériorité du langage
sur la peinture

Lorsque Virginia Woolf écrit *La Promenade au phare*, durant l'année 1926, elle constate un changement dans sa façon de travailler. « Je suis secouée comme un vieux drapeau par mon roman, écrit-elle dans son *Journal*. Je pense qu'il est utile de noter, dans mon propre intérêt, qu'enfin, enfin, après cette bataille que fut *La Chambre de Jacob*, et cette agonie : *Mrs. Dalloway* (car tout fut agonie sauf la fin), j'écris maintenant plus rapidement et plus librement qu'il m'a jamais été donné de le faire dans toute ma vie, et beaucoup plus, vingt fois plus que pour aucun autre de mes romans. Cela prouve, je crois, que j'étais sur la bonne route et que je vais maintenant cueillir le fruit qui était suspendu dans mon âme. »

D'où vient cette sérénité nouvelle ?

« Jusqu'à la quarantaine, constate Virginia dans *Esquisse du passé*, la présence de ma mère m'obséda. » *La Promenade au phare* est l'occasion de se libérer de cette

emprise, de mettre fin à cette occupation en construi-
sant un livre-stèle, une sépulture de papier au cœur de
laquelle la mère repose enfin. Mrs. Ramsay apaise le
fantôme.

Mais ce n'est pas tout.

L'écrivain note dans son *Journal*, à l'époque de la
conception du roman : « J'hésite entre un portrait
simple et intense de mon père, et un livre plus vaste et
plus lent. » Mr. Ramsay naît de ce souhait, il exorcise
l'auteur, lui aussi, à sa manière.

Mais il y a plus.

Dans une lettre à Vanessa, datée du 8 mai 1927
– alors que le roman vient de paraître –, Virginia écrit à
sa sœur : « Dieu ! Comme tu vas rire aux passages où il
est question de peinture dans *La Promenade au phare* ! »

Cette fois-ci, c'est avec les vivants qu'elle règle les
comptes. Car Woolf met en scène, à travers Lily Briscoe, un personnage de peintre qui se bat avec sa toile et
cherche, tout au long du livre, à exécuter un tableau.
Lily, c'est Vanessa, mais Lily, c'est aussi Virginia,
comme s'il était question de réconcilier les vocations,
de mettre un terme à la rivalité, de s'inventer une fusion
pour en finir avec le désir qu'elle ait lieu.

Mettre le peintre en difficulté, le montrer dans ses
affres, c'est une façon pour l'écrivain de le dominer,
tout en fraternisant avec lui. Et Virginia Woolf nous
montre Lily Briscoe aux prises avec l'impossible traduc-

tion de l'image perçue : « C'est pendant ce vol éphé-
mère entre l'image et la toile que les démons se lan-
çaient sur elle, l'amenant plus d'une fois au bord des
larmes, et rendant ce passage de la conception à l'exécution aussi terrible que pour un enfant la traversée d'un
couloir obscur. Cette sensation, elle la connaissait bien
lorsqu'elle livrait un combat terriblement inégal pour
conserver son courage ; pour affirmer : "Mais c'est cela
que je vois ; c'est cela que je vois." »

Cette revendication, Virginia Woolf pourrait aussi
bien la faire sienne, c'est cela qu'elle voit et il n'est pas
plus facile de le dire que de le peindre. Pourtant – et
c'est peut-être de là que naît le plus profond, le plus réel
apaisement – les mots, dans un combat contre le trait,
contre la couleur, finissent par sortir vainqueurs. À
la lamentation habituelle de l'écrivain regrettant de ne
pas être peintre, répond la plainte de Lily qui s'imagine
pouvoir trouver une solution dans l'écriture : « Et
comme tout le reste en cette étrange matinée, ces mots
devinrent des symboles, s'inscrivirent partout sur les
murs gris vert. Si seulement elle pouvait les assembler,
les coucher par écrit dans quelque phrase, alors elle
aurait atteint la vérité des choses. »

Les rôles sont échangés. Virginia Woolf modifie
l'angle d'attaque. Plutôt que de se heurter à l'insuffi-
sance de l'écriture, elle explore les apories de la peinture. *La Promenade au phare* est, pour cette expérience,

le lieu rêvé. Ce roman, qui montre l'enfant aux prises avec le pouvoir absurde et abusif du père, se clôt sur l'inanité de la lutte.

James, tout petit, voulait aller au phare, mais son père a dit non ; non, il ne fera pas beau demain, comme s'il était le roi du monde, comme s'il commandait aux nuages. Bien des années plus tard, l'excursion a lieu, les enfants sont grands, leur mère est morte, et les envies de meurtre de James sont intactes. Il veut plonger un couteau dans le cœur de son père. « Il resta là, assis au soleil, la main sur la barre franche, à regarder fixement le phare, incapable de bouger, incapable de chasser d'une chiquenaude ces grains de détresse qui l'un après l'autre se posaient sur son esprit. Une corde semblait le ligoter à cette place, une corde nouée par son père ; et il ne pouvait échapper qu'en saisissant un couteau et en le plongeant… mais à cet instant, la voile vira lentement, lentement se gonfla, le bateau parut se secouer, s'ébranla dans un demi-sommeil, puis il s'éveilla et s'élança à travers les vagues. Tous éprouvèrent un extraordinaire soulagement. Tout le monde parut reprendre ses distances, être à son aise, les lignes se tendirent à l'oblique en travers du flanc du bateau. Mais Mr. Ramsay ne se secoua pas. Il ne fit que lever mystérieusement la main droite, très haut dans l'air, la laissant retomber sur son genou comme s'il dirigeait quelque secrète symphonie. » Nous n'en dirons pas plus sur le geste de Mr. Ramsay. Que symbolise le phare ? Rien. Que symbolise ce geste ? Rien. Mais la scène nous parle d'affranchissement. Il ne s'agit pas de tuer l'autre, mais de se délivrer du désir de le faire. Il ne s'agit pas de vouloir être peintre, mais de s'accorder le droit d'écrire. Loin du regret, très loin.

Ce à quoi nous assistons, dans *La Promenade au phare*, outre l'édification du mausolée parental, c'est l'acceptation – certes hésitante, mais décisive – du métier d'écrire.

« Tenant son ombrelle noire très droite en marchant, imprimant à sa démarche un air d'attente, qu'on renonce à décrire (comme si elle allait rencontrer quel-qu'un au coin de la rue), elle raconta l'histoire. » On dit que l'on renonce mais, dans la parenthèse, cette arme qui participe à la victoire de l'écrivain sur la malédic-tion du langage, on le fait quand même. On décrit, en utilisant la métaphore, cheval de Troie qui permet de pénétrer la forteresse si bien gardée de l'image. C'est une question de force, mais aussi une question de choix, de stratégie, car au moment de dire, la peur de tuer étreint et, là encore, il faut faire un détour. Le combat entre parole et silence se poursuit et, dans *La Promenade au phare,* devient même un sujet d'inter-rogation : « Nous voici devant la connaissance ? Dans ce cas, ne gâte-t-on pas les choses, aurait pu deman-der Mrs. Ramsay (ce silence à son côté était apparem-ment un phénomène si fréquent) en les exprimant ? Ne sommes-nous pas plus éloquents ainsi ? L'instant, à tout le moins, paraissait extraordinairement fécond. Elle boucha le petit trou dans le sable, le couvrit entièrement, manière d'y enterrer la perfection de l'instant. C'était comme une goutte d'argent dans laquelle on trempait les ténèbres du passé pour les illuminer. » Une tactique de prédateur : on endort la méfiance de la proie en s'avouant vaincu, on renonce à décrire, on reconnaît les torts de l'expression, on se tapit dans la honte d'avoir même songé au recours au langage, et soudain on bondit, on dérobe au peintre son pinceau et on crée une image plus riche, plus profonde, polysémique et miroitante. « C'était comme une goutte d'argent dans laquelle on trempait les ténèbres du passé pour les illuminer. » Le défi est relevé et Virginia Woolf se fait peintre, un peintre qui se joue à la fois de la peinture et des mots, car s'il est vrai, comme elle s'en plaint dans une lettre à Clive Bell, que « vous dites le mot arbre et vous voyez un arbre », il est également vrai que, lorsqu'on dit « goutte d'argent », on voit une goutte d'argent. Le tour est joué, et le tour se complique, car, comme une goutte d'on ne sait quoi, Virginia Woolf fait tomber le « passé » dans sa phrase, le passé impossible à peindre.

Et l'on songe alors à la lettre triomphale qu'elle envoie à son neveu Quentin (le fils de Vanessa) quelque temps après la sortie de *La Promenade au phare* : « Com-

ment peux-tu te contenter d'être peintre ? Tu dois forcément voir l'infinie supériorité du langage sur la peinture ? Pense à toutes les choses qu'il est impossible de
faire en peinture ; vexer les Keynes, se moquer de ses
tantes, raconter des histoires grivoises, faire des bêtises –
ce ne sont là que quelques-uns des avantages. […]
Vomis donc ta carrière, nom de Dieu. »

Si vous ne dites pas la vérité sur vous-même
vous ne pouvez pas la dire sur les autres.

V. W.

Portraits de l'artiste en kangourou nonchalant, en jeune homme trop bien mis, en humanité innombrable

QUI SUIS-JE ?

Dans son journal de jeunesse publié en Angleterre sous le titre *A Passionate Apprentice*, Virginia Woolf accorde beaucoup d'importance à l'art de l'esquisse. Celle qui ne peignait pas emploie des méthodes de peintre. Elle appelle cela « les exercices pour œil & main ». Ce sont des fragments, des brouillons. De même que les architectes s'appliquent à reproduire une corniche, ou les peintres un drapé, une coupe de fruits, Virginia Woolf pratique le portrait. Il s'agit parfois de gens qu'elle croise, d'anonymes, comme cette inconnue qu'elle appelle « la Française du train » et qu'elle croque, impitoyable et poétique, évoquant le Rimbaud des « Assis » ou des « Poètes de sept ans » :

« Flot de paroles et de chairs molles, elle renifle tel un tapir les succulentes feuilles de chou ; même dans un wagon de troisième classe, elle est à l'affût du moindre petit potin… Mme Alphonse a dit à sa cuisinière… Les boucles d'oreilles se balancent aux vastes lobes d'un monstre pachyderme. Les incisives émoussées et jaunies à croquer les pieds de chou émettent un sifflement accompagné d'un filet de salive. Et pendant ce temps, derrière sa lourde tête qui dodeline, sa salive qui dégouline, les gris oliviers de Provence dardent leurs rayons, s'immobilisent, toiles de fond aux lignes brisées, branches biscornues, paysans courbés. »

Parfois Virginia connaît ses modèles, détecte leurs idiosyncrasies, et nous livre d'eux des figures découpées, comme au théâtre d'ombres, et on les reconnaît aussitôt ; l'excès de précision n'est pas mis au service de la caricature, il s'agit de vitesse, de fluidité du trait : « J'ai vu un tableau : Phil Burne-Jones assis place Saint-Marc en vêtement de soirée, seul par un soir d'août, en 1912, à l'époque de notre lune de miel. L'air dissolu, esseulé, on aurait dit un pierrot vieilli et maussade. Vêtu d'un pardessus léger et montrant un visage blafard, inepte, crispé et d'aspect sénile, qui se figeait dans une mimique de chagrin, d'empressement, de déception, il était là, attablé seul à un guéridon de marbre, tandis que la foule autour de lui paradait et papotait aux accents de l'orchestre. Il n'avait personne pour lui tenir compagnie, aucune de ses élégantes amies ; personne avec qui bavarder de sa voix affectée, appuyée, personne à qui faire des compliments extravagants, ponctués de "ma chère" et de "chérie", ni avec qui éclater de ce rire hennissant, jadis à la mode (et qu'avait lancé, je crois, Burne-Jones en personne). »

À l'étude de la physionomie et de la posture s'ajoute l'évocation de l'âme, étroite ou généreuse, obsédée d'elle-même ou trop empressée à plaire aux autres. Inconnus et amis de toujours sont logés à la même enseigne, puisque seule l'exactitude fait règle. La « femme aux pommes » répond sans un mot à la difficile équation de la vie par sa simple présence, saturée, circulaire, telle une tautologie sur pied : « Elle semblait si dense, assise au soleil, sans chapeau. La lumière la fixait. Il n'y avait pas d'ombre. Son visage était jaune et rouge, et rond aussi ; fruit sur un corps, pomme parmi les pommes, mais pas de celles qu'on sert sur une assiette ; des seins durs comme des pommes s'étaient formés sous son corsage.

Je la regardais. Elle se donna une pichenette comme si une mouche lui parcourait la peau. Quelqu'un passa ; je vis battre ses yeux, feuilles étroites de pommier. Et sa rudesse, sa cruauté étaient comme l'écorce rêche du lichen ; éternelle, elle résolvait le problème de la vie. »

En contrepoint on découvre Ottoline Morrell, la célèbre hôtesse, amie des artistes, qui se disperse, s'évapore, débarrassée de sa substance. Elle se mue en statue et fige ses invités d'un regard. Nous sommes dans l'artifice social qui cache mal l'égarement métaphysique : « Lady Ottoline est une grande dame qui en est venue à rejeter sa propre classe et qui tâche de trouver son affaire parmi les artistes et les écrivains. Pour cette raison, comme s'ils détenaient quelque attribut divin, elle les aborde d'une manière décidée, et eux la voient comme un esprit désincarné s'évadant de son milieu pour un autre où elle ne pourra jamais prendre racine. Elle est remarquable à voir, sinon belle. Comme la plupart des êtres passifs, il lui faut un cadre très soigné et très recherché. Elle se donne le plus grand mal pour mettre en valeur sa beauté comme si c'était un objet rare découvert dans une sombre ruelle de Florence. On s'attend toujours à ce que les riches Américains qui palpent son manteau de perse et le trouvent de "très bonne qualité" aillent jusqu'à lui palper le visage pour le qualifier de "bel ouvrage dans le style Renaissance tardive" ; le front et les yeux magnifiques, le menton peut-être restauré, la pâleur de ses joues, cette manière qu'elle a de rejeter la tête en arrière pour vous dévisager d'un air vide, lui donnent l'apparence d'une Méduse de marbre. »

On ressent, à la lecture de ces croquis, une jubilation semblable à celle éprouvée dans l'aile réservée aux portraits à la National Gallery de Londres. Visages de personnes célèbres et d'inconnus, de gens qui ont existé et ont pris la pose. Ils sont morts à présent, mais ils sont pourtant là, incroyablement vivants, et ils nous regardent, de l'autre côté de la toile. On se sent en conversation, en intimité. On fixe les yeux, la bouche, puis la plaque indiquant le nom du modèle et le nom du peintre, on revient au visage et inversement. Il y a quelque chose à saisir, une vérité universelle sur l'humain, une information rassurante, quelque chose d'apaisant. On est transporté dans le passé, ils sont transportés dans le futur, un courant d'immortalité s'installe. On est infiniment reconnaissant au peintre ou à l'écrivain qui prend la peine de faire un portrait.

Virginia Woolf excellait dans cet art, et l'on ne résiste pas à l'envie d'inventer la galerie, sa galerie, réunissant les visages, les corps, les âmes qu'elle a peints. On y apprend beaucoup sur son époque, sur le métier d'écrivain, sur le passage du temps, la mesquinerie de certaines femmes et l'égoïsme de certains hommes. Ainsi pourrait-on accrocher en diptyque « la femme au gâteau » et « le fat », deux études de caractère formant un couple monstrueux et idéal : « "Moi", dit-elle en observant avec une secrète satisfaction le gâteau couvert d'un glaçage blanc, dont il restait encore un bon morceau puisqu'elle n'avait fait qu'y mettre la dent, "moi je fais partie des gens qui prennent tout à cœur."

Sa fourchette à mi-course, elle réussit à passer sa main dans sa fourrure comme pour montrer avec quelle tendresse de mère-sœur-épouse elle caressait un chat s'il n'y avait qu'un chat à caresser dans la pièce. [...]

Elle ajouta : "À l'hôpital, les hommes m'appelaient Petite Mère", et regarda l'amie assise en face d'elle, comme si elle allait confirmer ou infirmer ce portrait. Mais puisqu'un silence lui répondait, puisque seuls les objets inanimés lui rendaient cette justice que l'humanité égoïste lui déniait, elle piqua la dernière bouchée de gâteau et l'avala. »

« À propos de X : on se dit qu'il a tout connu, et qu'il en est sorti amolli, roulé, plutôt détrempé, chiffonné et secoué comme un homme qui a passé sa nuit dans un wagon de troisième classe. Les doigts jaunis par les cigarettes, une dent de moins à la mâchoire inférieure, un trou à sa chaussette bleue, et pourtant résolu et décidé (c'est cela que je trouve si déprimant).

Il a l'air persuadé que son point de vue est le bon et le nôtre capricieux et erroné. Mais si c'est lui qui a raison, cela ne vaut pas la peine de vivre. Ça ne vaut pas un biscuit graisseux. L'égoïsme des hommes me surprend et me choque. Y a-t-il une femme qui oserait s'asseoir dans mon fauteuil de trois heures à six heures et demie sans même avoir l'air de supposer que je puisse avoir quelque chose à faire, ou que je sois fatiguée ou morte d'ennui ? Et qui ainsi installée me raconte en geignant ou en récriminant tous ses ennuis et mange des chocolats et lise un livre et s'en aille finalement contente de

soi, emmitouflée de satisfaction de soi confuse et pleur-
nicharde ? »

Jamais elle ne flatte et ses amis subissent, comme les
autres, un examen impartial : « Puis Violet Dickinson
est venue prendre le thé ici – grandie d'un demi-pied,
mais autrement la même ; les poignets un peu rugueux
et même sales ; des perles et des émeraudes autour du
cou ; posant des questions, n'écoutant jamais, rapide,
intuitive, pleine d'humour, et le maniant à sa façon, au
petit bonheur. »

Virginia Woolf fourbit son arme de prédilection, la
métaphore, et part en guerre contre les apparences,
contre les coquetteries, s'en amuse et se choisit volontiers comme victime. Convoquée au Memoir Club, elle
se prêta au jeu et livra une conférence qui commençait
ainsi : « Qui suis-je pour qu'on me demande d'écrire
mes mémoires ? Une simple gribouilleuse ; qui pis est,
un simple amateur en matière de rêves, ni chair ni poisson. Mes mémoires, qui sont toujours d'ordre privé et
au mieux traitent de demandes en mariage, de séduc-
tions par des demi-frères, des rencontres avec Ottoline
et ainsi de suite, n'auront bientôt plus rien pour les ali-
menter. Personne ne me demande plus en mariage ; cela
fait des années que personne n'a plus tenté de me
séduire. Les premiers ministres ne me consultent
jamais. Je suis allée par deux fois à Hendon, mais
chaque fois l'avion refusa de décoller. J'ai visité la plu-

part des capitales de l'Europe, c'est vrai ; je suis capable de parler un français de cuisine et un italien bâtard. Mais je suis si ignorante et si peu cultivée que si l'on me pose la question la plus simple – par exemple : où se trouve le Guatemala ? – il me faut détourner la conversation. »

L'autoportrait s'amorce donc par la question de la légitimité. Pourquoi un portrait ? Que doit-on faire, ou être pour mériter d'être dépeint ? La réponse qui jaillit dans les lignes suivantes est à la fois désopilante et sincère. Il s'agit d'émerveillement, de curiosité, d'exaltation, d'angoisse, éléments qui, pétris ensemble, constituent la boue dont est fait l'être humain : « Parlerais-je pour moi seule quand je dis que si rien ne m'est arrivé qui mérite le nom d'aventure depuis la dernière fois que j'ai occupé cet éminent et épineux fauteuil, je n'en continue pas moins d'être pour moi-même un sujet d'anxiété inépuisable et fascinant – un volcan en perpétuelle éruption ? N'y a-t-il personne à partager mon égotisme quand je dis que jamais la pâle lueur de l'aube ne traverse les stores du 52, Tavistock Square sans que je m'écrie en ouvrant les yeux : "Grands dieux ! Me voilà encore là !" – pas toujours avec plaisir, souvent avec chagrin, parfois soulevée d'un violent dégoût – mais toujours avec intérêt ? »

Soi comme sujet d'étude, soi comme échantillon de reste du monde, mais soi, c'est inépuisable, et pour qu'un portrait parle, Virginia Woolf le sait mieux que quiconque, il faut, avant tout, choisir son angle.

Elle le fait, en posant la question qui donne son titre à ce discours plein d'esprit, provocateur et mettant en scène, dans un même mouvement, la personne privée et la personne publique, faisant jouer les on-dit et se fichant du qu'en-dira-t-on : « Je pourrais donc moi-même être le sujet de ce papier ; mais il y a des inconvénients. Il remplirait tant de volumes – ce sujet à lui seul – que ceux d'entre nous qui avons des cheveux ; ceux dont les cheveux sont à même de pousser – s'apercevraient que ces cheveux leur chatouillent les orteils avant que j'en aie terminé. Il me faut donc détacher un minuscule fragment de ce vaste sujet ; il me faut donner un bref aperçu d'un petit coin de cet univers, qui me semble aussi vierge et hanté de tigres que cet autre – je ne sais où – sur lequel est écrit le mot Guatemala ; il me faut, dis-je, ne choisir qu'un seul aspect ; et ne poser qu'une seule question ; et la voici : "Suis-je snob ?" »

Elle utilise alors sa méthode habituelle : la comparaison. Savoir qui je suis, c'est savoir qui est l'autre et se définir par rapport à lui. Elle se demande ce qu'est le snobisme et passe en revue le comportement de certains de ses amis (présents à la lecture de sa conférence) comme Desmond MacCarthy ou Maynard Keynes, dont elle estime qu'ils ne possèdent pas ce défaut. Elle parvient, au passage, à mettre en place une définition indispensable : « L'essence du snobisme est que l'on cherche à impressionner les autres. Le snob est un évaporé, un écervelé si peu satisfait de son rang que pour le consolider il (ou elle) est toujours à brandir sous le nez des autres un titre ou un honneur pour qu'ils puissent croire, et l'aider à croire, ce qu'il (ou elle) ne croit pas vraiment : qu'il (ou elle) est un personnage important. »

La réponse à la question initiale – suis-je snob ? – est là. Et c'est l'occasion pour Virginia Woolf de rire de ceux qui riaient d'elle. Levant un malentendu, elle en profite pour faire vaciller quelques grandes dames sur leur socle de coussins, ces aristocrates dolentes qui aimaient tant les artistes et étaient, elles, de véritables snobs. Elle trouve aussi le moyen de raconter une anecdote cruelle et douce. Une minuscule vignette au sein d'un texte ample et varié, dont on sent pourtant qu'elle est le cœur du problème, l'exact envers du snobisme et le vrai portrait de Virginia. Il s'agit du récit de sa rencontre avec Arnold Bennett, son ennemi intime et officiel, et l'ennemi de toutes les femmes, qui venait de plus, à la veille de cette rencontre, de l'éreinter dans la presse. L'hôtesse, une femme sans doute très snob, craignait le pire lors de cette confrontation. Mais le pire n'advint pas. Bennett dit à Woolf qu'il regrettait d'avoir éreinté son livre, elle lui répondit que si elle choisissait de publier des livres, c'était son affaire et qu'elle savait devoir en accepter les conséquences. Encouragé, il se permit de dire que le livre ne lui avait vraiment pas plu, qu'il le trouvait très mauvais, ce à quoi elle répondit : « Vous ne pouvez détester mes livres plus que je ne déteste les vôtres, Mr. Bennett. »

Et la conversation qui suivit fut parfaitement apaisée et charmante.

Clairvoyance, honnêteté, endurance à la critique, courage, ce sont les mots que l'on voudrait inscrire à l'entrée de cette galerie de portraits qui révèle autant la nature des modèles que celle de leur auteur.

LA GALERIE, PORTRAITS D'ÉCRIVAINS

Edward Garnett et Vita Sackville-West

« Et quant au vieux Garnett, ce monstre grincheux, hirsute, mal soigné (vraiment ses ongles auraient besoin d'être coupés, et son manteau crotté est plein de boules de bardane), je me suis dit que quelqu'un devrait se charger de l'emmener à la fourrière pour qu'on en finisse avec lui. Idem pour sa maîtresse : la moitié supérieure esquimaude ; celle du bas : mousseline à ramages, sandales, évoquant mai à Hampstead. Vita semblable, comme toujours, à une lampe ou une torche au milieu de tous ces petits-bourgeois insignifiants : ce qui est tout à fait à l'honneur de l'éducation des Sackville, car sans prendre un soin particulier à sa toilette elle ressort au milieu d'eux (dans toute la santé et la vigueur d'un corps bien fait) tête haute, pareille à un lampadaire allumé. »

Lytton Strachey

« Si j'avais épousé Lytton, je n'aurais jamais rien écrit. C'est ce que je me disais au dîner d'hier soir. Il vous freine et vous inhibe d'une manière on ne peut plus curieuse. L.[eonard] peut se montrer sévère, mais il vous stimule. Tout est possible avec lui. Lytton était tendre et triste comme une feuille d'automne. Solitaire et vieillissant. »

H. G. Wells

« Wells s'est un peu tassé. Ses cheveux sont restés bruns, mais ont l'air teint, comme il arrive toujours lorsqu'ils accompagnent un visage fané. Rides plus marquées ; peau moins tendue. Il s'est montré très affable, a posé les deux mains sur les épaules de L. [...] Il aime être écouté ; bavarder de choses et d'autres d'une façon générale, comme il me l'a dit lorsque les messieurs sont montés. Nous avons donc parlé de choses et d'autres de façon générale. Puis il s'est renversé dans son fauteuil, a joint ses petites mains, ses pieds encore plus petits, et, de sa voix fluette, s'en est donné à cœur joie. [...] C'était la conversation d'un vieil homme, plus débonnaire que j'en avais gardé le souvenir ; espiègle, les yeux larmoyants; bon à sa façon, gai. Il avait été renvoyé de la radio à cause d'une plaisanterie; du *Daily Mail* à cause d'une autre. D'une façon générale, il donne l'impression d'un petit bonhomme détaché, heureux de son sort et conscient de son manque de distinction; enclin à refuser vivement toute affectation. [...] Satisfait, je crois, de sa situation et l'esprit toujours prodigieusement curieux. Il voudrait vivre jusqu'à cent soixante-dix ans, il en a soixante-dix. L'aurait-on vu derrière un comptoir, il aurait pu incarner le type même du petit épicier affairé. Derrière son bec acéré j'avais peine à déceler l'existence d'une masse de livres et j'ai dans l'idée que, lorsqu'au cœur de la nuit il regarde en face sa Trinité, il pense, à juste titre, que bon nombre de ses ouvrages ne valent rien; il en feuillette les innombrables pages, puis envoie promener la culture : mais n'oublie pas qu'il a produit une œuvre considérable et estime qu'il en subsistera quelque chose. »

Stephen Spender

« Spender est venu prendre le thé et dîner l'autre jour. Très beau jeune homme; si ce n'est qu'il ressemble un peu trop au poète conventionnel : joues creuses, grands yeux bleus, peau toujours brûlante; beaucoup d'enthousiasme, mais tempéré depuis qu'il s'est marié. [...] Inez, qui ne se soucie de politique que comme on le fait à Oxford, est installée à Bruxelles, où elle étudie les manuscrits espagnols. Stephen trouve que c'est intolérable. Alors pourquoi êtes-vous marié ? lui avons-nous plus ou moins ouvertement demandé. Pour se stabiliser ; parce qu'il craignait la vie de vieux matou tigré que mène William (Plomer), bien à l'abri, au coin du feu. Maintenant il est déchiré entre deux tendances. Et Inez est là-bas, à son bureau, afin de pouvoir se rabattre sur son travail au cas où il serait tué en Espagne, lui. [...] Curieuse interprétation du mariage dictée par les canons. Cela me plaît qu'il ne veuille pas se battre, lui ai-je dit, et il a prétendu que c'était la chose la plus facile. [...] Il a expliqué que l'on ne pouvait pas laisser les fascistes envahir l'Espagne. Ensuite ce serait la France, et puis nous. Nous devions donc nous battre. L. a déclaré que les choses étaient allées si loin maintenant que cela n'avait plus d'importance. Se battre ne servait à rien. Stephen a dit que le parti communiste, auquel il avait adhéré le jour même, voulait qu'il soit tué afin qu'il y ait un autre Byron. Il a une vanité enfantine de tout ce qui le touche. »

Isherwood et Auden

« Isherwood est une vraie trouvaille. Tout petit, les joues très rouges, agile, vif. Il vit dans une pension, à Bruxelles ; doit hériter d'une demeure élisabéthaine près de Manchester, et aime mes livres ! Ce dernier point a mis un peu de couleur à mes joues. Il dit que Morgan et moi sommes les seuls romanciers vivants que les jeunes (lui, Auden, Spender, je suppose) prennent au sérieux. Vraiment il nous admire tous deux, chaudement, si j'ai bien compris. Pour les livres de M., il nourrit une véritable passion. "Je serai franc avec vous, Mrs. Woolf… voyez-vous, je sens bien que vous êtes poète. Lui, il fait ce que je voudrais faire… une parfaite invention baroque." Mais j'étais satisfaite de ma part de compliment, qui tombait à pic en ces jours de dépression. Auden et lui écrivent en collaboration. Lui se charge de la prose ; Auden, de la poésie. A. exige d'innombrables couvertures sur son lit ; d'innombrables tasses de thé ; puis il ferme les volets, tire les rideaux et se met à écrire. Isherwood est un drôle de petit bonhomme, très bienveillant dans ses jugements, très gai. J'ai dans l'idée que c'est un véritable romancier ; pas un poète ; qu'il accumule les observations psychologiques aiguës et les scènes. »

Mrs. Meynell

« C'était Mrs. Meynell, l'écrivain, qui vous rendait vaguement répugnante la seule idée que des femmes écrivent. Elle étreignait un bras de son fauteuil et semblait si déplacée que c'en était pitoyable.

L'ambiance n'était certes pas favorable à la chaste expression : il n'y avait rien à quoi se raccrocher. La pauvre marchait avec un curieux petit sautillement qui,

177

étant donné ce corps maigre et osseux, moulé, en outre, dans du velours noir, avait quelque chose de grotesque. On ne doutait pas que poète, jadis, elle eût foulé les champs du Parnasse. Il est triste de s'apercevoir que des écrits, même tels que ceux de Mrs. Meynell, ont leur source dans un corps chétif, décharné, légèrement ridicule et totalement dénué de signification ; vêtu avec un certain souci, pitoyable, de la mode. Mrs. Browning avait-elle aussi cette allure-là ? Et pourtant la pauvre femme, les feux de Sappho eussent-ils brûlé en elle, qu'aurait-elle pu faire d'autre ? Ces réunions mondaines sont des affaires brutales. Ou bien cela prouve-t-il ma théorie qu'un écrivain doit être une fournaise d'où sortiront ses mots, et que les tièdes, les timides, les convenables ne forgent jamais un mot valable ? »

Edith Sitwell

« Edith Sitwell est devenue énorme, se poudre généreusement, se met sur les ongles un vernis argent, porte un turban et ressemble à un éléphant d'ivoire ou à l'empereur Héliogabale. Je n'ai jamais vu un changement pareil. Elle est mûre, majestueuse. Elle est monumentale. Ses doigts sont couverts de corail blanc. Elle affiche un calme olympien. Il y avait là une multitude de gens ; et elle présidait. Mais son calme majestueux ne l'empêche pas de lancer des regards obliques et non dénués d'humour. La vieille impératrice n'a pas oublié sa jeunesse folâtre. Nous étions tous assis à ses pieds, lesquels étaient chaussés d'étroites mules noires, seul rappel de sa minceur et de ses dérobades. À qui ressemblait-elle? À Pope en bonnet de nuit? Non, il faut prendre en compte sa majesté impériale. »

Henry Havelock Ellis

« Lui était un homme honnête, franc, mais lent, qui ressemblait trop au kangourou nonchalant et gracieux qui fait des bonds à pas feutrés. »

Morgan Forster

« C'est un homme candide, transparent, fantasque et détaché, qui ne se soucie guère, je crois, de ce que disent les gens – et qui sait parfaitement ce qu'il veut. Je n'ai pas l'impression qu'il souhaite briller dans un milieu d'intellectuels, et encore moins dans la société à la mode. Il est original et très sensible, possède une personnalité que je trouve très attirante, bien que, du fait même de ses qualités, il ne faille pas moins de temps pour le connaître qu'il nous en fallait jadis pour emprisonner dans un pot à pommade un papillon sphinx. Pour mieux dire, il ressemble à un papillon qui erre vaguement de-ci, de-là; c'est qu'il n'y a ni passion ni hâte chez lui. »

T. S. Eliot

« Le curieux, chez Eliot, c'est qu'il a des yeux vifs et jeunes, tandis que sa physionomie et ses tournures de phrases sont compassées et même lourdes. On dirait plutôt un visage sculpté – pas de lèvre supérieure ; formidable, vigoureux, pâle. Et puis ces yeux noisette qui semblent se désolidariser du reste de sa personne. »

James Joyce

« Quant à Joyce lui-même, c'est un homme insignifiant, portant de très épaisses lunettes, qui rappelle un peu Bernard Shaw au physique ; terne, égocentrique, et parfaitement sûr de lui. »

Je parlerai des mots, dirai pourquoi ils s'opposent à ce qu'on fasse d'eux un métier, montrerai qu'ils disent la vérité et ne sont pas utiles. Et puis qu'il devrait y avoir deux langages : la fiction et les faits ? Les mots sont inhumains ; ils ne veulent pas gagner de l'argent, ont besoin d'intimité. Pourquoi ? Pour leurs enlacements.

V. W.

Toute la littérature procède
d'un seul cerveau

Pour Virginia Woolf, toute la littérature procède d'un seul cerveau, et elle réclame un sang nouveau. C'est un fleuve, où l'on ne se baigne jamais dans la même eau mais où affluent tous les textes. C'est pourquoi elle lit toujours en même temps plusieurs livres. Elle lit comme on parle à plusieurs personnes dans la même journée, et cela fait une journée unique, semblable à aucune autre. Le *Journal* est la chambre d'échos de ces lectures qui font fi des époques, des genres littéraires aussi, où seuls comptent les phrases, les images, les mots. « J'ai entrepris de lire *Moby Dick*, *La Princesse de Clèves*, et *Old Mortality* de Walter Scott », écrit-elle le 14 février 1922, et le 18 : « Il faut que je commence la *Correspondance* de Byron, si je devais faire la critique de *La Princesse de Clèves*, je traiterais de la beauté intérieure. »

Il y a une fébrilité des lectures, comme une poursuite inlassable de quelque chose de difficile à nommer, une cueillette qui mêle le hasard et la nécessité, et une confiance superstitieuse dans une divinité distributrice de lectures qui vous amènerait vers les livres qui vont répondre, et résonner. « Je ne dois pas être la seule personne dans le Sussex à lire Milton, mais j'éprouve le besoin de noter mes impressions, il est à l'aise dans le sublime, l'horrible, l'immense et la dégradation, mais jamais dans les passions des cœurs humains. Il est le premier des masculinistes, mais quelle force, quelle aisance, quelle science, quelle poésie! »

Les mêmes noms reviennent au fil des ans : Cristina Rossetti, plus de vingt fois, Sophocle sans cesse. Shakespeare encore davantage et Platon, Byron et Daniel Defoe, Sterne, Henry James et Thomas Hardy sont lus et relus. Et Ibsen et Racine et Cervantès et Tolstoï, et Tchekhov, et Dostoïevski. Et plus qu'eux tous, Dante. Et peut-être plus encore Proust. C'est chaque fois un corps à corps. « Que j'ai, dit-elle, de choses à lire, pour démêler ce qui sonne juste et ce qui est faux, le posé et le naturel, la prose poétique, les faux pas, la rhétorique. » Autant de devinettes, de défis.

Elle cherche sans cesse, et sans jamais d'a priori, sinon l'intuition que quelque chose de nouveau doit advenir, que les frontières entre le roman et la poésie sont à redéfinir, et que, si le monde a radicalement changé aux alentours de 1914, alors la littérature aussi. La langue et la description du monde sont à penser en même temps et dans une tension à laquelle elle ne renonce jamais. Au cœur de cette incessante réflexion, il y a les livres, abordés en vrac, toujours dans le désordre, toujours avec le même appétit, le même cœur battant, comme si enfin ils allaient livrer ce secret qui n'existe pas, ce secret sans cesse repoussé plus loin, au livre d'après, où et comment fixe-t-on la beauté et la vie, et les êtres, et leurs émotions, d'où viennent les mots justes, les phrases justes, et pourquoi ?

Virginia, la lectrice, est indissociable de l'écrivain, et l'écrivain ne renonce jamais à la lectrice, la lectrice ordinaire, *the common reader*, comme elle intitule ses chroniques critiques. L'écrivain a besoin d'être un critique, remarque-t-elle, parce que les mots sont si ordinaires, si familiers, qu'ils ont besoin d'être passés au tamis, au crible, pour pouvoir durer. Le lecteur, tout lecteur, et l'écrivain aussi, doit aborder chaque livre sans idée préconçue : « Ne donnez pas d'ordres à votre auteur, essayez de devenir lui, soyez son collaborateur et son complice. »

« Dès que je m'arrête d'écrire, je lis Shakespeare », note-t-elle en 1930, tandis qu'elle finit *Les Vagues*.

« Je lis pendant que j'ai l'esprit encore bouillant et grand ouvert. Au départ nous sommes à égalité, et puis je le vois prendre de la vitesse et faire des choses que, dans mon exaltation la plus folle et ma plus forte intensité cérébrale, je ne pourrais imaginer. Même les moins connues de ses pièces sont écrites à une vitesse inouïe, les mots tombent à une telle cadence qu'on ne peut les ramasser. »

Oui : ceux qui découpent la littérature en tranches, en chapitres, en morceaux, s'y prennent tout de travers.

Il faut s'en tenir aux impressions du moment. À bas les partis, à bas les chapelles, et les écoles qui font tant de mal.

Quand elle lit Tchekhov, elle note : « Les récits tchékhoviens nous montrent une chose : le spectacle si humain de l'affectation, de la pose, de l'insincérité, une femme s'est mise dans une position fausse, un homme a été perverti par la cruauté des circonstances, l'âme est malade, l'âme est guérie, et tant que nous lisons ces petites histoires à propos de rien, nous sentons notre horizon s'élargir, notre âme atteindre une étonnante impression de liberté. »

C'est l'âme qui importe, ses passions, ses tumultes, son étonnant mélange de beauté et de vilenie.

Il y a là un plaidoyer pour le lecteur, une conscience très moderne de l'importance du lecteur. Les critères que nous posons, les jugements que nous émettons s'insinuent dans l'air et deviennent partie de l'air que respirent les écrivains en travaillant. Or le lecteur est menacé par la paresse, par l'ignorance, par la facilité.

Si, derrière les tirs erratiques de la presse, les écrivains sentaient qu'il existe un autre genre de critique, l'opinion des gens qui lisent pour l'amour de la lecture, lentement, pas professionnellement, et qui jugent avec une grande sympathie et pourtant une grande sévérité, les livres en seraient plus forts, plus riches, plus variés. Cet élan, cette confiance dans une sorte de démocratie des lecteurs est une chose mal connue et la plupart des gens se représentent Virginia Woolf comme une artiste élitiste peu soucieuse d'être lue par le plus grand nombre. Rien n'est plus injuste. Elle est consciente de la contradiction : souhaiter des lecteurs en grand nombre, parce que sans lecteurs, les livres se fanent, et ne rien céder sur l'écriture, sur la sincérité, sur les idées, sur la modernité. Et ce, malgré les époques basses, la sienne, la nôtre, où la critique professionnelle a renoncé à ses idéaux.

Nous devons devenir nous-mêmes des critiques, propose-t-elle, nous apprendre nous-mêmes à comprendre la littérature parce que l'argent ne peut penser à notre place, parce qu'à l'avenir nous ne pouvons laisser le pouvoir à une petite classe de jeunes gens aisés qui n'ont qu'une pincée, un dé à coudre d'expérience à nous offrir. Des critiques : des personnes qui lisent beaucoup, sans cesse, sans a priori, sachant que pour bien lire il faut une grande finesse de perception et une grande hardiesse d'imagination.

Sa démarche a ceci de particulier qu'elle ne dissocie jamais l'exigence – comparons toujours avec les plus grands écrivains – de la curiosité pour le temps présent, pour tous les genres, pour tous les livres, pour toutes les époques, pour tous les pays aussi, même si les Russes se taillent la part belle, à cause de leur sens de l'âme humaine incomparable. Il ne faut jamais faire la fine bouche, la littérature n'est pas propriété privée, elle est à tout le monde. C'est ce qui donne à Virginia Woolf sa place très unique de lectrice assoiffée, d'érudite impressionnante, d'éditrice passionnée, de critique inlassable, d'écrivain d'avant-garde.

Mais cette attitude faite de conversations et de disputes, de confrontation permanente sans aucun garde-fou, l'expose dangereusement quand ses lectures, et c'est tout le temps le cas, l'amènent du côté des contemporains, des gens de son âge, comme Katherine Mansfield, Lytton Strachey ou Thomas Eliot, et pis encore des plus jeunes, Morgan Forster, Christopher Isherwood ou Wystan Auden. Elle est si facilement à leur merci, si facilement paralysée par un ricanement, une critique.

« Ce sont de drôles de châteaux de sable, écrit-elle en novembre 1940. J'ai terminé l'autobiographie de Herbert Read ce matin au petit déjeuner. Tous ces gamins construisent des châteaux de sable. Cela vaut pour Read, Tom Eliot, Wells. Tous parfaitement étanches, offrant un abri sûr à l'occupant. Je n'ai aucune difficulté à suivre le plan de construction de Read, pour autant qu'on puisse suivre ce que l'on est incapable de construire soi-même. Seulement voilà, je suis la mer qui emporte ces châteaux-là. J'emploie cette image dans le sens où son moi intérieur qui a bâti le château est à mes yeux destructeur de son architecture. Quelle est la valeur d'une philosophie qui n'a aucune prise sur la vie ?

Ma position qui consiste à ne plus accepter la religion est diamétralement opposée à celle de Read, ou Wells. Il m'importe de rester en dehors et de prendre conscience de mes propres croyances, ou, plus exactement, de ne pas accepter les leurs. »

Elle fanfaronne et puis elle fond en larmes : « Pour quelle étrange raison écrivons-nous, alors qu'au fond, c'est un événement tellement anodin que la sortie d'un livre. Une vétille aux yeux de mes amis. » Qui est à terre ne doit pas craindre la chute.

Un mot ironique, et la pyramide d'enthousiasme, de colère et d'espoirs s'écroule, l'énergie créatrice se disperse, la migraine revient, et Virginia va se coucher pour une semaine. Le 28 septembre 1922, elle a rendu compte d'une conversation avec Tom, comme elle appelle Thomas Eliot. Ils ont passé en revue leurs sentiments sur divers livres, divers auteurs et en particulier sur celui qui secoue l'opinion, James Joyce, et son *Ulysse*.

Face aux certitudes d'Eliot, la conviction de Virginia Woolf (il faut faire confiance aux premières impressions, il existe une vérité durable de la première lecture) s'effrite. D'autant que Morgan Forster pense lui aussi que Joyce est en train de mettre à bas toute la littérature du dix-neuvième siècle. Et d'autant plus que ses amis n'ont, comme d'habitude, pas l'air d'accorder tant d'importance à ce qu'elle vient d'écrire, elle. Après une discussion véhémente et loyale, où elle avance ses arguments sur l'égocentrisme et le formalisme de Joyce, elle tombe malade.

Il y a une raison à cela, invisible mais bien réelle : Joyce et Woolf sont, c'est vrai, au coude à coude, le flux de pensée, ou de conscience, ils le saisissent à peu près au même moment, et leur mise à l'épreuve du langage est du même ordre. Seulement James Joyce érige un monument scandaleux et incontournable. Il deviendra le grand Joyce, le maître et le maudit que l'on attendait, et au nom de qui des générations de jeunes gens vont s'enflammer pour le roman moderne. Virginia Woolf, elle, creuse et creuse son sillon, étale ses doutes, plie sous le faix, annote ses lectures, avance page à page, livre à livre, et ses chefs-d'œuvre agissent sur nous comme la marée, au lieu de nous impressionner de loin comme le château fort qu'elle évoquait.

« Je voudrais écrire sans qu'on s'occupe plus de moi », écrit celle qui ne cesse de se jeter dans le débat. « Je voudrais nager en eaux calmes, et qu'on me laisse tranquille ! » Elle qui justement relance chaque fois qu'elle le peut le débat sur ce qui fait nouveauté, ce qui abat les anciennes conventions, et ne voudrait pour rien au monde s'isoler de la vie littéraire qui lui fait si mal. « Le *Daily News* me traite de sensualiste vieillissante », note-t-elle avec peine.

Il faut nager à contre-courant, se réfugier dans les livres et la pensée, réfléchir aux raisons qui font que Joyce, le grand, l'éternel adversaire, suscite tant d'enthousiasme, un enthousiasme qui la laisse sur le bas-côté, alors qu'elle voit dans *Ulysse* une impasse, une impasse sur le monde, sur les sentiments humains, sur les mécanismes secrets et infimes de l'âme.

Elle y revient dans un essai important, *Mr. Bennett et Mrs. Brown.* Comme le disent Thomas Eliot et Morgan Forster, mais aussi Wells et Galsworthy, le monde a changé, donc tout doit changer, et ce qui importe, c'est la conception que l'on se fait du personnage.

La notion de réalité a bougé, tandis que bougeaient la politique, les relations entre les pays, la science aussi, et la religion, les mœurs, et ce que nous avons appris de notre cerveau, de son fonctionnement. Mais comment pouvez-vous écrire, crie-t-elle, si vous ne vous intéressez plus qu'à une seule personne, vous-même ? Le monologue intérieur est un chemin, à condition qu'il inclue le monde dans sa diversité, dans sa circulation, qu'il inclue celle qu'elle nomme la dame assise au coin à droite dans le compartiment d'un train, Mrs. Brown, la vieille dame silencieuse et terne qui reflète l'humaine condition, celle des âmes infiniment complexes et oubliées par des écrivains obsédés d'eux-mêmes. Oui, il ne faut jamais, jamais oublier Mrs. Brown, même au plus fort de la bataille menée pour jeter à bas les conventions et l'ordre moral, au plus fort de la grande bataille pour choquer et scandaliser, qui occupe si fort ses contemporains.

Longtemps, Virginia Woolf ne sait pas analyser les racines de ce conflit complexe qui l'affronte à ses meilleurs amis. Elle ne le nomme pas encore vraiment, elle voit juste qu'elle est différente et seule, et autre, passant en quelques mois du statut d'écrivain d'avant-garde illisible à celui de vieille sentimentale *has been*, passant sans transition de l'écrivain de demain à celle d'hier, sans avoir jamais été vraiment d'aujourd'hui. Il faudra les réflexions d'*Une chambre à soi* et de *Trois guinées*, les conférences sur la femme et le roman, pour qu'elle y voie enfin plus clair, et qu'elle comprenne que ses perceptions, sa psychologie, sa sensibilité, mais aussi la manière dont elle a construit sa culture littéraire, jouent là-dedans un rôle décisif.

Pour le moment, elle essaie de nommer ce qui la gêne : les édouardiens, comme elle appelle Wells et Galsworthy, s'intéressent à quelque chose d'extérieur, ils soumettent la fiction à l'idéologie, à l'appel d'un monde meilleur, aussi leurs livres manquent-ils de quelque chose, on sent en les lisant qu'ils ne se suffisent pas à eux-mêmes. Les georgiens, eux, comme elle nomme

Eliot et ses compères, Pound par exemple et Joyce, ont jeté le bébé de la littérature avec l'eau du bain, ils font du passé table rase et sacrifient les gens, l'humanité, au formel, à l'invention langagière. « Je ne vois pas comment on peut écrire un roman sans y mettre de gens, et c'est pourquoi Joyce me paraît lourd de catastrophes », dit-elle.

Ce qui est frappant, quand on relit ces pages écrites à chaud – et l'on sait comme il est difficile de juger de ce qui s'écrit dans l'instant –, c'est la perspicacité à contre-courant de Woolf. Sa force et sa fragilité sont visionnaires, car ses livres, dans l'avenir et jusqu'à aujourd'hui, seront effectivement affaiblis, minimisés, mis de côté au nom des mêmes valeurs pseudo-formelles, au nom de la même conception d'un bras de fer viril, pseudo-révolutionnaire, d'une littérature qui cultive les différentes facettes du héros maudit, du génie méconnu ou du proscrit rebelle et fondamentalement narcissique contre le monde terne et commun des Mrs. Brown. Le monde commun, cette si belle idée.

Il y a un nom auquel on accole trop peu son travail, étrangement, c'est celui de Proust. Pourtant les occurrences du *Journal*, des lettres ou des articles où elle y revient de 1922 à 1941 sont innombrables. Proust ne la quitte jamais. C'est le grand interlocuteur, avec les Russes, Dante et Shakespeare.

« Ma seule grande aventure, c'est Proust, je suis dans un état second, comme si un miracle était en train de se produire, écrit-elle en 1922. Quelqu'un a enfin réussi à fixer ce qui a toujours échappé et l'a transmué en une substance parfaite et durable. » Elle dit les vibrations, le sentiment de saturation, d'intensité, avec quelque chose de purement sexuel. Le plaisir que l'on ressent devient physique, au même titre que le soleil, le vin, les raisins, on ressent une totale sérénité et une vitalité intense. Oui, c'est de ce côté que se rangent *La Promenade au phare*, *Les Vagues*, *Mrs. Dalloway*, ou *Les Années*.

Un combat insensé, obsédant, avec les mots pour capter la vie et l'humain, la beauté durable. « Un combat fou pour lequel il faut, note-t-elle, du bon sens aussi. Et je crois que Proust l'avait. »

Ses lectures d'*À la recherche du temps perdu* sont captivantes. C'est le dialogue d'un grand écrivain avec un autre, son contemporain.

Qu'elle réfléchisse sur ce réservoir sans fond de perceptions, ou sur sa capacité d'analyse, sa manière d'amener les métaphores ou de procéder à des digressions, qu'elle se penche sur les personnages de Proust – ils semblent faits d'une autre substance que les autres personnages romanesques, faits de pensées, de rêves, de connaissances –, elle constate : « C'est le seul qui soit à ce point indissociablement penseur et poète. » Comme elle.

La Hogarth Press,
une forme complètement neuve

« Et puis je crois que la chose à faire serait de réunir un orchestre et de tout organiser toi-même. C'est cela que j'ai fait, oh oui, bien modestement, quand les éditeurs ont commencé à me dire d'écrire ce qu'ils voulaient eux. J'ai dit non. Je me publierai moi-même et j'écrirai ce que je voudrai. » (Lettre à la compositrice Ethel Smyth.)

On lit de-ci de-là que, un jour de 1917, Leonard Woolf offrit à sa femme une presse, pour la consoler, l'occuper, la détourner de la dépression. C'est le propre des écrivains-légendes que de trimballer après eux ce genre d'anecdotes répétées de biographie en commentaire, de commentaire en note de bas de page. Il aurait aussi bien pu lui procurer un métier à tisser ou un orgue à parfums. Variations autour de l'ouvrage de dame. La manipulation des caractères d'imprimerie est un anxiolytique puissant, c'est bien connu.

Leonard Woolf lui-même nota qu'il y voyait à l'époque « une occupation manuelle grâce à laquelle elle pourrait entièrement détourner ses pensées de son œuvre ». C'est cruel et c'est louable. Cruel car détourner un être de sa passion, c'est lui briser les ailes, mais louable aussi, car Virginia développa sans doute, à travers son activité éditoriale, ses qualités intrinsèques de curiosité et de générosité qui n'auraient, autrement, pas trouvé de canal susceptible de les exprimer.

Car Virginia Woolf, c'est le contraire de la tour d'ivoire – même s'il lui arrive de pleurer en fin de journée parce qu'elle a vu trop de monde, parce qu'ils ont été sans cesse dérangés par des visites organisées ou impromptues. Elle est en permanence déchirée entre la nécessité de disposer de son temps, d'en avoir suffisamment pour accomplir son œuvre, et la conscience que seule elle n'est rien, que toute cette bande de gens, Vanessa, Roger, Lytton, Clive et les autres, est indispensable. On en revient à la fameuse histoire du chat noir, celui dont Vanessa – interrogeant sa sœur cadette – demanda si, oui ou non, il avait une queue. Discussion entre enfants se déroulant sous une table. Discussion dont elles ressortent renforcées dans le sentiment que « l'autre offrait des possibilités ». La vie intérieure s'enrichit d'apports extérieurs, l'écriture se nourrit de celle des autres écrivains.

Et, là encore, il est important de préciser que l'intérêt

que porta Virginia Woolf à ses contemporains alla souvent plus loin que les conseils littéraires ou la publication des œuvres. Ainsi, en 1922, pour aider T. S. Eliot à quitter son travail à la banque et lui permettre de se consacrer à l'écriture, elle assista Ottoline Morrell dans la mise en place d'un fonds de soutien destiné au poète.

Le premier ouvrage publié par la Hogarth Press (qui tire son nom de la Hogarth House, demeure londonienne des Woolf) est entièrement « maison » : Leonard et Virginia en sont les auteurs et les imprimeurs, la couverture est de Dora Carrington, une amie du couple. Mais une fois maîtrisées les étapes délicates, lourdes et compliquées de la composition, la maison d'édition naissante se déploie.

En 1921, les Woolf font l'acquisition d'une presse à pédale plus imposante qui leur permet d'accroître leur rythme de production. Il est temps d'élargir le catalogue. La liste est longue, riche, variée, composée de noms illustres et d'autres plus obscurs, d'Anglais, de nombreux Russes (avec l'aide de S. S. Koteliansky, le professeur de russe de Virginia), d'Italiens, d'Autrichiens : T. S. Eliot, Katherine Mansfield, Roger Fry, Jane Harrison, Isherwood, Willa Muir, Tolstoï, Tchekhov, Italo Svevo, Rilke, Freud, Ferenczi... Poésie et psychanalyse, roman et essai, tous les genres s'y croisent. Une seule condition, plaire aux éditeurs, les amuser, les stupéfier. Aucun argument d'ordre commercial n'entre en ligne de compte, et on se demande comment pareille chose est possible. On se prend à rêver, comme à un monde ancien disparu aujourd'hui, d'un « bon vieux temps » de l'édition où tout pouvait paraître, pourvu que ce fût beau, pourvu que ce fût neuf. En vérité ce n'est pas vraiment une question de temps, ni d'époque, ou plutôt pas seulement.

L'existence de la Hogarth Press et sa politique éditoriale sont, en effet, indissociables de sa vocation première : publier les œuvres des Woolf, et surtout celles de Virginia. Dans une lettre à David Garnett datée de juillet 1927, Virginia Woolf écrit qu'elle trouve par le biais de la Press l'occasion d'inventer « une forme complètement neuve. Quelle bénédiction de pouvoir faire ce qu'on aime, pas de rédacteur en chef, pas d'éditeur. » Avec Vanessa, qui se charge de la plupart des couvertures et des illustrations, elle discute de la possibilité de travailler sur des formes courtes. Pas de format, aucune contrainte, pas de concessions, une liberté totale, une liberté qui donnerait presque le vertige, pour celle qui se considère comme « la seule Anglaise qui soit libre d'écrire ce qui me plaît ».

Comment le « ce qui me plaît » parvient-il à se dissocier du « ce qui ne plaît qu'à moi », comment le « tout est à présent possible » résiste-t-il à se noyer dans le « n'importe quoi » sont des questions qu'on est tenté de poser. Car, s'il est vrai que face à certains des textes les plus expérimentaux de Woolf on se demande – en riant jaune – s'ils trouveraient de nos jours un éditeur, force est de constater que son lectorat n'a cessé de s'accroître, de son vivant et après sa mort, que même si sa double réputation contradictoire d'écrivain tantôt trop élitiste, tantôt trop « fille » l'empêche d'accéder à la postérité qu'elle mérite, elle ne s'est jamais coupée du « public », une notion à laquelle elle fait de nombreuses références et qui l'occupe tout autant que son combat d'avant-garde.

C'est l'un des nombreux paradoxes de Virginia Woolf : faire table rase, oui, mais en gardant la table, dont les quatre pieds seraient Homère, Shakespeare, Eschyle et Dante. Se débarrasser des conventions de la littérature victorienne, mais garder la langue, retrouver sa pureté, lui faire subir l'électrolyse salutaire qui saura la débarrasser du dépôt social pour faire apparaître son scintillement poétique. « La seule façon de prévenir la formation d'une croûte, écrit-elle dans son *Journal* en 1940, est de mettre le feu à un fagot de mots. »

Ce qui la protège de l'errance, ce qui fait qu'elle sait justement si bien ce qu'elle veut écrire, c'est qu'elle a une conscience aiguë de ce qu'elle ne veut pas écrire. Il s'agit d'une révolution destinée à déboulonner des patriarches comme Arnold Bennett ; de clouer le bec à une bande de vieux grigous austères et bien-pensants dont la littérature est, selon la nouvelle génération, un tissu de faux-semblants. « Les conformistes écrivent un anglais sans couleur, constate-t-elle au moment où elle conçoit son essai consacré à la modernité et intitulé « La Tour penchée ». Ils sont le pur produit de la machine universitaire. J'éprouve du respect pour eux. Père en était une variété. Je ne les aime pas. Je ne les goûte pas. Les conformistes sont la gloire du dix-neuvième siècle. Ils rendent de grands services, à l'instar des voies romaines. Mais ils évitent les forêts et leurs feux follets. »

L'entreprise est risquée. Il faudra savoir sortir des sentiers battus, s'avancer en terrain inconnu, défricher, parcourir la *terre vaine*, et aller si loin, comme le disait Christophe Colomb, qu'il deviendra impossible de revenir en arrière. On doit attendre le moment où rebrousser chemin devient plus périlleux qu'aller de l'avant, car les explorateurs savent, comme les artistes, que la loi des cycles règne au-dessus de toutes les autres. La révolution, ce tourbillon souhaitable, doit advenir.

Et, comme tout bon révolutionnaire, les Woolf savent que, pour changer les choses, il faut commencer par s'emparer des outils de production.

La Hogarth Press ne sera pas qu'un jouet savant, elle a vocation de laboratoire et invente un artisanat de la littérature. Assez vite, cette petite maison d'édition intimiste devient une entreprise au sein de laquelle sont employés une série de jeunes femmes (Alix Sargeant-

Florence, Barbara Hills, Marjorie Joad…) et de jeunes hommes (Ralph Partridge, Richard Kennedy, John Lehmann…), tantôt ardents, tantôt falots, et que le travail aux côtés de Leonard rend fous – preuve que le projet qui présida à cette innovation dans la vie des Woolf n'était pas tant la lutte contre la démence que le combat pour l'indépendance.

Outre la fierté dont témoigne Virginia Woolf à gérer une entreprise, à nourrir – comme elle le dit – sept bouches, et à publier des livres dont certains se vendent bien, on comprend que son engagement au sein de la Hogarth Press est contigu à son travail de critique, consubstantiel de sa passion pour la lecture. Mais fit-elle quoi que ce soit en dilettante ? Même quand elle jouait aux boules, elle enrageait de perdre et triomphait en cas de victoire.

On apprend, en lisant son *Journal* et sa correspondance, que son travail sur les textes acceptés était aussi précis qu'exigeant ; on se rend également compte que les décisions n'étaient jamais prises à la légère et qu'elles ouvrirent, pour certaines, la voie à un long et douloureux débat intérieur. Ce fut le cas pour l'*Ulysse* de James Joyce, que Virginia Woolf fut parmi les premières à lire. « Allions-nous consacrer notre vie à publier ce livre ? » écrit-elle. Car il est long et la maison d'édition, à l'époque, n'en est qu'à ses balbutiements. Virginia Woolf sait qu'*Ulysse* est un livre important, mais il ne la convainc pas de bout en bout. Comme un manque d'éclairage ou d'oxygène. Certaines scènes la heurtent, la pesanteur de l'ensemble l'accable. Elle sent également qu'il va l'empêcher d'avancer sur sa propre piste ; non qu'il risque de lui faire de l'ombre, mais plutôt parce que les voies qu'il explore ne sont pas celles qu'elle a choisi de visiter ; ainsi menace-t-il de détourner son attention, d'affoler la boussole qu'elle a pris tant de soin à régler.

Dans les premiers temps, le refus est affaire de raison : la Hogarth Press ne peut accueillir un manuscrit de cette ampleur. Puis il tourne à l'aigre : « J'ai été amusée, écrit-elle durant l'été 1922, stimulée, séduite, intéressée par les deux trois premiers chapitres jusqu'à la fin de la scène du cimetière ; puis embarrassée, assommée, irritée et déçue par cet écœurant étudiant qui gratte ses boutons. [...] C'est un livre inculte et grossier, le livre d'un manœuvre autodidacte et nous savons combien ces gens sont déprimants...

C'est comme si du petit plomb vous grêlait la figure sans que vous risquiez pour autant une blessure mortelle... » Le danger était sans doute plus grand qu'elle ne l'avait cru au premier abord. Conflit de place, de la place que l'on s'accorde et surtout de celle qu'on accorde à l'autre. Virginia Woolf se demanda en lisant *Ulysse*, comme elle le fit à propos de plusieurs œuvres contemporaines, où se mettrait le lecteur. Quelle place avait-on réservée à celui qu'elle continuait – relativement à contre-courant – de considérer comme un hôte de choix ?

Cette rivalité, cette défiance, jamais tout à fait avouées, reviennent l'assaillir par vagues, mais c'est avec tendresse et respect qu'elle évoque, fin 1940, trois mois avant sa propre disparition, la mort de celui qui fut presque son jumeau, à la naissance comme au décès : « Joyce est mort. Joyce, qui était de près de quinze jours mon cadet. Je me souviens de Miss Weaver avec ses gants de laine venue me déposer le manuscrit dactylographié d'*Ulysse* sur la table où l'on prenait le thé à Hogarth House. C'était Roger, je pense, qui l'avait envoyée. Les pages indécentes paraissaient tellement incongrues : elle avait des allures de vieille fille, le col boutonné jusqu'en haut. Et le livre, un tissu d'obscénités. J'ai rangé le manuscrit dans le tiroir du secrétaire en marqueterie. Et puis, un jour que Katherine Mansfield était ici, je l'ai ressorti. Elle a commencé à le lire en le tournant en ridicule, lorsque brusquement elle s'est écriée : "Mais il y a quelque chose là-dedans. Une scène qui mériterait de figurer dans les annales de la littérature." Il avait vécu à Londres, mais je ne l'ai jamais rencontré. Et puis je me souviens de Tom s'exclamant dans le salon d'Ottoline à Garsington (le livre avait alors été publié) : "Comment peut-on encore écrire, après avoir réalisé cet immense prodige qu'est le dernier chapitre ?" C'était la première fois, à ma connaissance, qu'il se montrait enthousiaste, transporté. »

Joyce obtenait ce qu'elle n'obtiendrait jamais, la reconnaissance de ses pairs, qui étaient – de plus – ses meilleurs amis.

Il fut sans doute son grand autre, ce fantôme indispensable qui fait à la fois office d'aiguillon et de repoussoir. Moins anéantissant que Proust, dont elle dit qu'après l'avoir lu, elle songea à se suicider, mais plus haï aussi, parce que vivant dans le même pays et, surtout, écrivant dans la même langue.

Virginia Woolf sait combien l'admiration, lorsqu'elle est poussée à l'excès, peut paralyser. C'est pourquoi il est nécessaire de garder ses idoles à distance. On adore Proust (même s'il donne envie de mourir) parce qu'il est loin, on adore les Russes parce qu'ils sont encore plus loin, on adore Shakespeare, Dante, Sterne et les autres parce qu'ils sont morts.

Elle sut, parallèlement, s'enflammer et exprimer son soutien à de nombreux artistes et écrivains fréquentant le même cercle qu'elle, souvent sans réciprocité. Toutefois, la générosité et l'honnêteté intellectuelle doivent parfois se limiter pour préserver l'héroïsme nécessaire au découvreur de terres nouvelles ; sa charge est si lourde, son angoisse si profonde et son labeur si ardu qu'il doit pouvoir s'appuyer sur l'étrange fierté d'être seul capable de faire le voyage pour le mener à bien.

Des voix

28 novembre 1928 : « Anniversaire de Père… Je vais lire Proust je crois, et revenir en arrière, puis repartir en avant. »

Si l'on voulait tracer une frontière entre le roman traditionnel cher aux édouardiens et le roman moderne mis en place par les georgiens, on pourrait lui faire suivre le tracé du courant de conscience. Les écrivains modernes font irruption dans les têtes. On ne s'arrête plus aux apparences. On pénètre, on ouvre la boîte crânienne et on laisse s'écouler les pensées. En 1940, Virginia Woolf note dans son *Journal* : « Je crois que mon idée d'autopsychanalyse se tient en ce sens que l'écrivain se trouvant dans l'impossibilité de décrire la société n'avait d'autre choix que se décrire lui-même en tant que produit de cette société, ou en victime – étape obligée avant que la génération suivante puisse être délivrée de tout refoulement. »

Selon elle, les écrivains georgiens, ceux de sa génération, ont une mission à accomplir : préparer l'avenir. Condamnés à la transition, ils doivent accepter de produire une écriture bâtarde, lacunaire, trop intrépide ou, au contraire, trop timorée. Ils sont en première ligne, chair à canon de la critique et du lectorat, prêts à en découdre, mais très fragiles aussi, coupés de leur base arrière, ignorant le confort de la continuité. Ils affrontent le « refoulement » de leurs ascendants et ouvrent des perspectives nouvelles à leurs descendants en abattant les cloisons, en poussant le réalisme dans ses derniers retranchements, là où la vérité fait mal, là où elle effraie, là où elle devient inconvenante.

Jusqu'à présent on ne connaissait des personnages que ce qu'ils portaient (leurs habits) et ce qu'ils disaient (leurs paroles), à présent on va savoir ce qu'ils pensent, sans tri préalable ; pas seulement ce qu'ils pensent de la situation, mais de tout et de rien, car ils associeront librement, emportant l'écrivain et le lecteur avec eux dans des zones jusqu'alors inexplorées. Cette nouvelle manière fut sans doute dérangeante pour les lecteurs habitués à contempler le reflet du monde sur la surface lisse et parfaitement miroitante du lac romanesque. Soudain, ça grouillait par en dessous, l'univers obscur de la pensée et des fantasmes apparaissait, comme les algues, les poissons et les serpents d'eau, révélés au nageur par un malencontreux rayon oblique. Ainsi, dans *Les Années*, trouve-t-on la scène inversée, comme en négatif, du lit de mort de la mère. Le roman traditionnel nous a appris qu'en pareilles circonstances (longue maladie de la maman chérie, médecin de famille pessimiste, nourrices en transe) les enfants, grands ou petits, pleurent. Ce n'est pas le cas de Delia, loin s'en faut.

Alors que le Dr Prentice quitte la chambre de la maîtresse de maison en déclarant qu'il a constaté une légère amélioration, la jeune fille s'adresse en pensée à sa mère, les yeux rivés à un tableau qui la représente enfant : « Alors comme ça tu ne vas pas mourir, dit-elle, en regardant la gamine en équilibre sur un tronc d'arbre, qui semblait minauder, le visage éclairé par un sourire plein de malice, en regardant sa fille assise en contrebas. Tu ne vas donc jamais mourir, jamais, jamais ! cria-t-elle en se tordant les mains sous le portrait de sa mère. » Lors de l'enterrement, la même Delia fait tomber un à un les masques de l'affliction : « Elle leva les yeux. Elle vit Morris et Eleanor côte à côte ; leurs visages étaient brouillés ; leurs nez rouges ; leurs larmes ruisselaient. Quant à son père, il était si droit et si rigide qu'elle fut saisie d'un désir convulsif de rire tout fort. Personne ne peut se sentir comme ça, pensa-t-elle. Il en rajoute. Aucun de nous ne ressent quoi que ce soit, pensa-t-elle encore : nous faisons tous semblant. »

Un pavé de plus dans la mare de la bonne conscience.

Là où l'écrivain du siècle passé aurait freiné, se bornant à un portrait de famille en larmes et évoquant, dans un luxe superflu de détails, les diverses nuances de rouge pour les yeux, les dégradés de pâleur pour les jeunes filles, les voussures variables des dos anciens, l'écrivain nouveau fait éclater le cadre et donne voix à une conscience ; une conscience rebelle, comme il se doit, choquante, comme presque tout ce qui est tu.

Après le faux mystère du chagrin, c'est au vrai mystère du mariage, une institution chère à l'establishment, que l'écrivain s'en prend. Les Pargiter ont vieilli, et la jeune Peggy observe sa tante Delia, sans plus d'égard qu'en avait celle-ci pour ses parents : « Elle a épousé Patrick, pensa-t-elle, en regardant le visage de celui-ci, meurtri et usé par les ans, parsemé de rares poils. Pourquoi Delia a-t-elle épousé Patrick ? se demanda-t-elle. Comment s'arrangent-ils – l'amour, les naissances ? Les gens qui se touchent et partent en fumée : une fumée rouge ? Le visage de son oncle lui rappelait la peau rouge des groseilles avec leurs petits poils épars. Mais aucun des traits de son visage ne possédait assez de vigueur, songea-t-elle, pour expliquer qu'ils aient pu s'unir et avoir trois enfants. »

Les Années est une réponse, vingt ans plus tard, à *La Saga des Forsyte* de Galsworthy ; une réplique en creux au best-seller du début de siècle dénouant un à un les fils qui tissent l'évidence de l'ordinaire bourgeois.

Ce qui se passe dans les têtes est forcément subversif, le dévoiler participe à une forme de courage qui s'aventure parfois jusqu'à la provocation. C'est au seuil de cette tentation que se tient Virginia Woolf, dénonçant sans anéantir, laissant toujours une chance à « sa victime » grâce à ce qui, loin d'être un procédé, est en réalité l'illustration de son tempérament à la fois curieux, vif et généreux. Jamais elle ne tombe dans le piège de l'univocité, ce corollaire malencontreux de la caricature. Nous sommes, nous, lecteurs, protégés du venin contenu dans la conscience du personnage par la multiplicité des discours. Les romans ne s'articulent pas, en effet, autour du courant d'une seule et unique conscience, mais naissent du déploiement d'un chœur de consciences qui se répondent, bataillent, conversent, ouvrant ainsi la si jolie porte de l'équivoque.

C'est peut-être là, dans cette ampleur, dans cette souplesse aussi, que se situe l'originalité du roman woolfien. Ce n'est pas le courant de conscience mais *les* courants *des* consciences qui se déroulent en s'enchevêtrant parfois, donnant naissance à des rencontres comiques ; car l'humour, qui naît souvent au cours de l'explosion déclenchée par la confrontation de deux intériorités, est, au même titre que l'écriture chorale, une des caractéristiques les plus saillantes de l'œuvre de Virginia Woolf. C'est également dans la tension entre dehors et dedans, entre conscience articulée et conscience silencieuse, comme une espèce de chaud-froid, que se loge l'ironie aiguë de l'auteur, son arme la plus tranchante, celle qui lui permet de tailler dans le cristal, non seulement ses phrases, mais ses personnages, à la fois transparents, gracieux, inaltérables.

On songe à Lily Briscoe dans *La Promenade au phare*, au moment de sa rêverie amoureuse. « Il eut un mouvement de la main qui sembla, tout à coup, libérer et faire basculer la masse des impressions de lui que Lily avait accumulées ; et en une lourde avalanche, se répandit tout ce qu'elle éprouvait à son endroit. Une sensation. Ensuite, s'exhala en une fumée l'essence de l'individualité de Mr. Bankes. Une autre sensation. Elle se sentit pétrifiée par l'intensité de sa perception ; quelle rigueur ; quelle bonté. Je vous respecte (elle lui tint ce discours en son for intérieur), dans chacun de vos atomes ; vous n'êtes pas vain ; vous êtes entièrement désintéressé ; vous êtes plus noble que Mr. Ramsay ; vous êtes l'être humain le plus noble que je connaisse ; vous n'avez ni femme ni enfant (sans la moindre émotion sexuelle, elle brûlait de chérir cette solitude), vous vivez pour la science (sans qu'elle le veuille, des tranches de pomme de terre se présentaient devant ses yeux). » Le pensé et l'impensé, le noble et le trivial, tout cela dans le même mouvement, un mouvement de l'âme, un mouvement lié aux poussées de l'inconscient, décrites avec la plus grande acuité quelques lignes plus loin. « Tandis qu'elle se tenait, comme pétrifiée, près du poirier, il lui pleuvait des impressions relatives à ces deux hommes, et suivre sa pensée revenait à suivre une voix au débit trop rapide pour en noter les paroles au crayon ; et cette voix, c'était la sienne, qui disait sans la moindre incitation des choses indéniables, immortelles, contradictoires, de sorte que même les fentes et les bosses de l'écorce du poirier se trouvaient irrévocablement fixées là pour l'éternité. »

C'est un peu comme si l'esprit, quand il est livré à lui-même, l'esprit quand il cesse d'être domestiqué et s'ébat dans son milieu naturel, avait une tendance irrépressible à la drôlerie. Les voix intérieures que nous donne à entendre Virginia Woolf sont plus souvent cocasses que sombres ; elles sont vives, elles sont enjouées. À quelques exceptions près (Septimus Smith dans *Mrs. Dalloway*, Neville dans certains passages des *Vagues*) ce que les personnages ou le narrateur ont à nous dire est toujours teinté d'humour. Un humour, il est vrai, qui égratigne souvent la fierté masculine – et c'est peut-être pour cette raison qu'il est si souvent passé sous silence. C'est encore dans *La Promenade au phare,* un roman lumineux et âpre sur les promesses non tenues et l'indifférence à la mort, que se trouvent ces petites phrases assassines sur les universitaires pesants, leur érudition inutile et leurs agaçantes manies : « Il [Charles Tansley] travaillait dur – sept heures par jour ; son sujet du moment était l'influence de quelque chose sur quelqu'un. » Mr. Ramsay, l'époux, le père, celui qui sait tout et impose sa loi sans jamais fléchir, n'est pas épargné : « Puis, comme fort de l'autorisation de sa femme, avec un mouvement qui rappela bizarrement à cette dernière la grande otarie du zoo, qui part à la renverse après avoir avalé son poisson et s'éloigne en donnant tant de coups que l'eau du bassin est ballottée d'un bord à l'autre, il plongea dans l'air du soir… »

Il faut revenir en arrière. Revenir à Shakespeare qui fait toujours rire. Comédie ou tragédie, peu importe. Shakespeare qui ne fait pas du comique un usage annexe mais une nécessité centrale. Ce n'est pas une facétie, c'est une esthétique et, peut-être, une des seules applications souhaitables de la virtuosité. Cette virtuosité, loin d'exclure le profane, de rejeter le lecteur aux confins de l'œuvre, l'invite à y pénétrer, à y participer. Viens, lecteur mon ami, viens rire du monde, viens rire de moi et de toi, loin des critiques et des censeurs, retrouvons la complicité d'antan, la proximité du conteur et de son auditoire, l'adresse du dramaturge au spectateur. Retournons en arrière, un peu plus près de nous cette fois, et allons voir du côté de Wordsworth, et de Dickens.

« J'ai beaucoup réfléchi à la question des censeurs. C'est étonnant comme des ombres imaginaires nous font des remontrances. C'est tout à fait évident dans le manuscrit que je suis en train de lire. Si je dis ceci, Untel ou Untel m'accusera d'être sentimentale. Si je dis cela... d'être bourgeoise. Tous les livres semblent être aujourd'hui entourés d'un cercle de censeurs invisibles... Est-ce que Wordsworth avait les siens ? J'en doute. Je lisais *Ruth* avant le petit déjeuner. Le calme de ce livre, son caractère inconscient, l'absence de tout égarement, sa concentration et la "beauté" qui en découle, m'ont frappée. Comme s'il fallait permettre à l'esprit de se poser, en toute tranquillité, sur l'objet, pour en sécréter la perle...

J'ai lu une centaine de pages de Dickens hier, et je m'aperçois qu'il existe une vague relation entre la dramaturgie et le roman : cette emphase, cette façon de caricaturer ces innombrables scènes, de créer sans cesse des personnages, tout cela procède directement du théâtre... Tout ici est tranché, chargé de couleur. »

Comme c'est tentant. Retourner vers « avant », car avant, c'est toujours plus moderne, toujours plus audacieux, plus fou, Homère, Ovide, Dante, et, plus proche, Sterne. La grande meule du classicisme a tout émoussé, mais on peut encore remonter à la source, réinventer le public, faire du lecteur, cet être nouvellement venu dans le monde des arts, faire de ce lecteur un destinataire immédiat, halluciner sa présence, en masse, dans l'obscurité, comme au théâtre. Dans la nuit quelqu'un écoute et c'est pour lui (Mr. Brown) ou pour elle (Mrs. Brown) que l'on écrit. C'est l'indispensable altérité, qui n'a rien à voir avec la connivence ou la démagogie, car on écrit pour l'autre, oui, mais pas forcément pour lui plaire ; simplement, on tente le coup, sans savoir ce que ça produira. C'est le don le plus étrange qui soit, le don d'un objet précieux (la fameuse perle sécrétée dans la tranquillité de l'esprit) à l'inconnu, le don d'un objet fétiche à un parfait étranger, multiple, invisible, et que l'on ose espérer semblable à soi.

Si l'écrivain ne s'en tenait qu'aux proches, il cesserait bientôt d'écrire, déçu dans son attente de réponse et condamné à languir. Dans une lettre à sa sœur, Virginia Woolf met en scène le cauchemar de l'auteur qui, oubliant les bienfaits de l'altérité anonyme, vit la cuisante humiliation du silence des êtres aimés concernant l'œuvre.

« Ma chérie,

Aucune lettre de toi – mais je vois la scène comme si j'y étais : c'est après le repas du soir, Nessa raccommode, Duncan est occupé à ne rien faire :

NESSA (*elle repousse son ouvrage*) : Seigneur ! J'oubliais ce *Phare* ! Je n'en suis qu'à la page 86, et il y en a 320. Impossible d'écrire à Virginia, puisque je suis censée lui dire ce que j'en pense.

DUNCAN : Si j'étais toi, je lui dirais que c'est tout simplement un chef-d'œuvre.

NESSA : Elle ne s'y laissera pas prendre. Ils ne s'y lais-

sent jamais prendre, tu sais. Elle voudra savoir pourquoi je pense que c'est un chef-d'œuvre… »

Finalement, il faut beaucoup d'idéalisme pour écrire,
ou beaucoup de dérision. Dans les premières pages
d'*Orlando*, on trouve une belle définition de la nature
humaine qui ferait plutôt pencher pour la seconde qualité, cette dérision qui est le contraire du cynisme et le
rempart le plus solide contre les pièges du narcissisme.
C'est à la fois une des pages les plus drôles, les plus spi-
rituelles et les plus virtuoses de la littérature.

« La Nature, qui a commis tant de bizarreries à notre
égard, qui nous a fabriqués inégalement d'argile ou de
diamant, d'arc-en-ciel ou de granit, avant d'en remplir
une enveloppe, souvent incongrue au possible, donnant
au poète une tête de boucher et au boucher celle d'un
poète ; la Nature qui adore la pagaille et le mystère à tel
point qu'aujourd'hui encore (le 1er novembre 1927)
nous ne savons toujours pas pourquoi nous montons à
l'étage ou pourquoi nous redescendons, que la plupart
de nos gestes quotidiens sont pareils à la course d'un
navire sur une mer inconnue, quand les marins, perchés
en haut du mât avec leur longue-vue pointée à l'horizon, demandent : est-ce la terre que nous voyons ou
pas ? à quoi nous répondons "oui" si nous sommes pro-
phètes, et "non" si nous sommes sincères ; la Nature qui
doit répondre de tant de choses (et, en plus du reste, de

la longueur sans doute excessive de cette phrase) a encore compliqué sa tâche et augmenté notre confusion en faisant de notre moi intérieur non seulement un sac de guenilles hétéroclites et bariolées (disons, un morceau de pantalon de pandore tout à côté du voile de mariage de la reine Alexandra), mais en se débrouillant pour que toutes ces hardes fussent vaguement reliées les unes aux autres par un fil unique. »

Le fil de la mémoire, nous dit-elle, ce même fil qui relie ensemble tous les livres. Le passé resurgit, transfiguré. Le roman du dix-neuvième siècle, refermé sur lui-même, refoulant sa violence et refoulant aussi l'idée d'un public, a choisi de faire comme si le lecteur n'existait pas, car l'œuvre est un monde dans le monde, un univers fabriqué mais dans lequel on s'oublie, dans lequel on doit se perdre, subissant l'illusion du vrai. Le roman édouardien, c'est le monde comme si vous y étiez.

Le roman moderniste, celui dans lequel Virginia Woolf ne se reconnaît pas non plus, considère que le public n'existe pas. Le lecteur ? Une chimère bonne à jeter, que l'on ne traite ni avec mépris, ni avec égard, que l'on ne traite pas, voilà tout.

Virginia Woolf réinvente le public, elle l'invite au théâtre, c'est son innovation, l'expression la plus parfaite de sa liberté : le mélange des genres.

Mrs. Brown va au théâtre

« Ah, mais, un moment ! La lune est levée, le ciel ouvert, et là, courbe contre le ciel avec ses arbres, voici la terre ; le flot des nuages d'argent roule haut sur les vagues atlantiques. Un souffle de brise au coin de la rue soulève mon manteau, le maintient délicatement en suspension puis le laisse retomber avec mollesse, comme la mer s'enfle et déborde sur les rochers pour refluer encore. »

Ce sont les premières lignes d'une nouvelle intitulée « La soirée », que Virginia Woolf écrivit en 1917. Premières lignes qui s'apparentent à celles d'un journal et servent de didascalies à la scène qui suit.

La jeune femme qui rapporte les faits se rend à une réception. Après une page d'introduction au cours de laquelle on se promène à sa suite dans les rues, pour enfin parvenir à la maison, y pénétrer et découvrir le visage des autres invités, le dialogue commence. Nous ignorons qui parle. Chaque intervention est précédée d'un tiret anonyme. Plusieurs locuteurs se distinguent pourtant sans que l'on soit certain de leur identité. Il y a la jeune femme (l'héroïne, celle que l'on a suivie jusqu'à la maison), un homme (on le suppose) et le professeur. Il est question de littérature, de ponctuation, de Shelley, de Blake. C'est très étrange ; on a l'impression de commettre une indiscrétion, de faire irruption dans une conversation qui ne nous concerne pas.

Puis ils se mettent à parler de l'enfance et du silence, mais la maîtresse de maison arrive. Elle présente un certain Mr. Nevill – « qui aime beaucoup ce que vous écrivez » – à la narratrice. Le monsieur en question se prend les pieds dans le tapis, il ne sait plus trop s'il s'agit de poésie ou de nouvelles. La jeune femme se défend comme elle peut.

« – On ne lit pas.

– Ma foi, cela peut paraître discourtois, mais, pour être honnête, mes journées ont leur part de corvées, de sorte que le temps qui me reste pour lire, je le consacre…

– Aux morts.

– Je perçois une ironie dans votre réplique.

– De l'envie, pas de l'ironie. La mort est d'une importance capitale. Les morts, comme les Français, écrivent si bien qu'en somme on peut les respecter et sentir que même si nous sommes leurs égaux ils sont tout de même plus sages que nous, ils sont nos aînés, comme nos parents. Les relations entre les vivants et les morts sont assurément parmi les plus nobles. »

Ils tombent d'accord, s'emballent et citent, en jubilant, Lamb, Sophocle, De Quincey, Milton, Marlowe, dans un jeu de stichomythie. La passion culmine lorsque la jeune femme confesse son admiration pour Shakespeare. Soulagement lié à l'aveu, lié à la vérité, lié au bonheur d'être entendue et comprise. C'est une scène d'amour. D'ailleurs, à la fin de leur échange, alors qu'ils ont été malencontreusement interrompus dans leur extase commune, Mr. Nevill et la jeune femme prennent la fuite.

Cette farce sur la passion littéraire est un petit objet très étrange. Baroque, bancale, floue, elle donne une étonnante impression de réalité. Comme un reportage sur le vif. C'est la vie de Virginia Woolf condensée en quelques pages. Tout y est : le cercle mondain, le théâtre, la poésie, l'insoumission, l'exaltation de l'esprit, l'amour de la lecture, la boule d'argent de l'enfance, l'amertume, la solitude, la fête, le jeu. La forme en est ostensiblement bâtarde.

Huit ans plus tard, au moment où elle commence à travailler sur *La Promenade au phare*, Virginia Woolf note dans son *Journal* : « Je crois que je vais inventer un nouveau terme pour mes livres qui remplacera celui de "roman". Un nouveau… par Virginia Woolf. Un nouveau quoi ? Une élégie ? »

Elle veut casser le moule, abattre les barrières.

Un contact frontal avec le public réclame le théâtre ;

une langue nouvelle nettoyée de ses scories adviendra grâce à la poésie ; quant au roman, c'est une espèce de grand sac, un fourre-tout un peu informe mais dans lequel, comme son nom l'indique, on peut tout faire entrer. Pour cela, il suffit de décider que les règles de fabrication établies par les pères sont obsolètes. Qui a dit que la narration devait être prise en charge par un narrateur omniscient ? Qui a dit qu'il fallait construire une intrigue et la développer de manière linéaire ? Et puis que l'on appelle ça roman, novelette ou même élégie, c'est en fait d'écriture qu'il s'agit. Rien ne doit interdire les mélanges.

Plus elle avance dans son œuvre, plus Virginia Woolf se livre à cette périlleuse alchimie. On entre dans le domaine décrié de l'impur, du rapiécé, de la sorcière, tous attributs féminins qui s'associent (et ce n'est pas une manœuvre pour échapper au péjoratif) à la mixité et au partage.

On songe une fois encore à Sylvia Townsend Warner, l'auteur – entre autres – de *Laura Willowes*, roman sur la liberté, la sorcellerie ordinaire et le sort réservé aux tantes célibataires. Les deux femmes ne se rencontrèrent qu'une fois, lors d'un dîner organisé par le magazine *Vogue* dans les années vingt. « C'est étonnant comme vous parlez bien des sorcières, comment cela est-il possible ? » demanda Virginia à Sylvia. « Mais parce que j'en suis une. » Elles ne s'en dirent pas plus et s'ignorèrent habilement tout le restant de leur vie ; elles avaient pourtant beaucoup en commun : une façon inédite de parler des femmes et de les faire parler, l'humour, la sensualité fondue dans la description de la nature, les amours féminines et le goût du roman choral.

Pour Sylvia Townsend Warner, ce fut le communisme qui influença sa façon d'écrire et ouvrit la voie à des romans aussi étranges et novateurs que *Le Diable déguisé en belette*. On y découvre, sur une quarantaine d'années, les aléas de la vie d'un couvent ; les nonnes et les mères supérieures se succèdent, il y a les jours avec et les jours sans, on construit un nouveau clocher, un mur s'effondre. Pour expliquer la genèse de cette œuvre, Sylvia Townsend Warner dit l'avoir construite « selon les principes marxistes les plus purs, parce que j'étais convaincue que si l'on désirait offrir une image exacte de la vie monastique, on devait rendre compte du moindre détail financier ». Le résultat est beau et troublant, une histoire dans laquelle le personnage principal est un lieu, ou peut-être est-ce le temps.

Parallèlement, Virginia Woolf s'achemine – tout en suivant un parcours politique différent – vers un roman polyphonique. *La Chambre de Jacob* en est une ébauche, *Les Vagues* en est la confirmation et *Entre les actes*, le cas limite. C'est son dernier roman, celui au sujet duquel elle note dans son *Journal* en 1938 : « Toute la littérature discutée en rapport avec de réels, d'absurdes petits épisodes humoristiques ; et tout ce qui me passera par la tête, mais en rejetant le "je" et en lui substituant le "nous" auquel, à la fin, une invocation sera adressée. "Nous", la somme de beaucoup de choses différentes ; "nous" : toute la vie, tout l'art, tous les enfants abandonnés. »

Sans oublier tous les genres littéraires, car on trouve de tout dans *Entre les actes*, une histoire d'amour tchékhovienne, une pièce de théâtre sur l'histoire de l'Angleterre de ses origines à nos jours, des vers de Byron, une chanson pour enfants. Le trait le plus spectaculaire de cette œuvre est sans doute la présence d'un texte théâtral partiellement écrit et intimement mêlé au récit.

L'histoire est simple : on passe un après-midi à Pointz Hall. Famille, amis, voisins, gens du village sont invités pour assister, dans le parc de la demeure, à la représentation annuelle de la pièce mise en scène par Miss La Trobe, une vieille femme énergique et autoritaire (qui fait penser à Ethel Smyth). Les hôtes, Isa et Giles, sont mariés, mais Mrs. Manresa assiste à la représentation et elle est très séduisante ; et puis il y a William qui va oser approcher Isa. C'est un genre de quadrille. Les couples formés s'éloignent un instant, le temps d'un spectacle. Mais plutôt que de mettre l'accent sur leurs sentiments, leurs pensées, leurs gestes, Virginia Woolf pratique l'ellipse et laisse la part belle à la pièce que nous lisons sans y comprendre grand-chose, car les bribes, même si elles s'étendent parfois sur plusieurs pages, ne sont que des bribes.

Les préparatifs, le déroulement de la représentation, les sautes d'humeur du gramophone, les victoires infimes de Miss La Trobe cachée dans la coulisse des buissons, le jeu des comédiens amateurs occupent davantage d'espace que les errements des deux couples perdus parmi le public. C'est poignant. On ne comprend pas bien pourquoi, ni comment. Le cœur se serre face à tant de travail (la production d'un double texte), face à tant de liberté, face à cette énigme finale qui nous donne à croire que le roman, une fois achevé, peut enfin commencer ; c'est, en effet, ce que le dernier paragraphe suggère : « Isa laisse tomber son ouvrage sur ses genoux. Les grands fauteuils à oreilles sont devenus énormes. Giles aussi. Isa aussi, se découpant sur la fenêtre. La fenêtre est tout ciel, sans couleur. La maison a perdu toute sa puissance d'abri. La nuit triomphe, la nuit d'avant qu'il y ait des routes ou des maisons ; la nuit que contemplaient les hommes des cavernes du haut d'une éminence, parmi des rochers.

Le rideau se lève. Ils parlent. »

Le théâtre l'emporte sur le roman, la scène a envahi tout l'espace.

La tentation théâtrale s'affirme, et l'influence de Shakespeare, le maître absolu, jamais remis en question, ne suffit pas à expliquer cette inclination. Le parallèle avec

Sylvia Townsend Warner permet de compléter l'analyse et de mettre en lumière les préoccupations sociales de Virginia Woolf, qui était trop intelligente pour ne pas soupçonner que les préjugés de sa classe avaient « quelque chose de pourri ».

Il arrive que l'on soit plus clairvoyant dans son œuvre que dans sa vie, et, pour Virginia Woolf, la promotion du personnage par le biais du dialogue (et du dialogue théâtral en particulier), l'émancipation du personnage grâce au coup de gomme assené à la narration, sont des procédés à mettre en parallèle avec une forme de « démocratisation » de la littérature. Le romancier en position de Monsieur Je-sais-tout a fait son temps. L'écrivain s'ouvre au monde, il lui offre une tribune.

Celle qui s'interrogea souvent sur la grossièreté des classes inférieures fut aussi l'inventeur de Mrs. Brown, cette lectrice méprisée, cette passagère du train, timide, mal fagotée, persuadée de n'avoir droit à rien, ou à si peu. Virginia Woolf décida que c'était pour elle, pour cette petite dame perdue, qu'il fallait avant tout écrire. C'est pour Mrs. Brown que les personnages s'avancent sur le proscenium et parlent.

C'est de ce mélange d'utopie sociale et de vestiges d'éducation victorienne que naissent les pages les plus stupéfiantes de Virginia Woolf.

Entre les actes est l'aboutissement d'un projet longtemps mûri et décrit dans le *Journal* de l'écrivain dès 1927 en ces termes :

« Pourquoi ne pas inventer un nouveau genre de pièce, par exemple :

Une femme pense…

Lui aussi.

Un orgue joue.

Elle écrit.

Ils disent.

Elle chante.

La nuit parle.

Échec.

Je crois que cela devrait progresser de cette façon, bien que je ne voie pas comment. Détaché des faits, mais concentré. De la prose, mais poétique. Un roman et une pièce. »

L'ébauche elle-même est ambitieuse et résonne presque comme un oracle, annonçant les œuvres de Beckett ou de Sarraute. On salue le courage, on admire l'acharnement, on constate le travail, on redoute l'épuisement. On voudrait accorder des vacances à la poétesse et c'est elle qui les réclame en mars 1940 : « Je crois que je vais rêver à un livre de poèmes en prose ; peut-être ferai-je un gâteau de temps à autre. Et maintenant, maintenant – plus jamais je ne veux lutter avec l'avenir ni me complaire dans les regrets du passé –, je veux jouir du lundi, du mardi, et ne pas me sentir coupable d'égoïsme. Car enfin, j'ai versé mon tribut, que ce soit par la plume ou par la parole, à l'espèce humaine. Je veux dire que les jeunes écrivains sont assez grands pour se débrouiller tout seuls. Oui, je mérite bien un printemps. Je ne dois rien à personne. »

Et de nouveau je me souvins, en me plon-geant dans les journaux et les romans et les biographies, que lorsqu'une femme parle aux femmes, il faut qu'elle tienne quelque chose de très désagréable en réserve. Les femmes sont dures envers les femmes. Les femmes n'aiment pas les femmes. Les femmes... mais n'êtes-vous pas lasses jusqu'à l'écœurement de ce mot ? Je puis vous garantir que je le suis, moi.

V. W.

Nous marchons seules

Il y eut le travail, il y eut la fatigue, et il y eut, souvent, le découragement. Et les autoaccusations épuisantes, d'égoïsme, de paresse, et de stérilité aussi. D'insignifiance. De vanité.

Mais jamais, durant les trente-cinq ans de sa vie d'écrivain, Virginia Woolf ne cessa de penser sa place parmi les autres, une femme au milieu des autres femmes.

« Imaginez que Shakespeare ait eu une sœur aussi merveilleusement douée que lui. Elle n'a pu aller à l'école, n'a eu aucune chance d'apprendre à bien écrire, on l'a fiancée, elle s'est enfuie, elle voulait devenir actrice, on s'est moqué d'elle, un comédien l'a prise en pitié, quand elle a été enceinte de lui, elle s'est jetée dans la Tamise. »

Cette conscience suraiguë de l'injustice faite aux femmes constitue le paysage mental de toute l'œuvre, de la *Promenade au phare*, à *Orlando* en passant par *Les Années*, mise en abyme de destins féminins multiples de l'enfance à la mort, sans oublier *Mrs. Dalloway* et sa détresse. Elle trouve sa conceptualisation dans les deux essais que sont *Une chambre à soi* et *Trois Guinées*, mais elle acquiert peut-être sa forme la plus concentrée, un genre d'élixir polémique, dans une nouvelle à peu près inconnue, au titre énigmatique, « Une société ».

« Une société » fait partie du recueil de nouvelles *Lundi ou Mardi*, publié en 1921. C'est le récit comique d'une aventure spirituelle collective menée par plusieurs femmes.

« Voici comment tout cela s'est produit », explique la narratrice, qui se nomme Cassandra. Qu'est-ce qui s'est produit ? Une révolution. Et son échec aussi. Comme c'est la règle. Il n'y avait pourtant guère de signes avant-coureurs de troubles d'aucune sorte. Virginia Woolf décrit avec drôlerie son groupe de femmes en train de s'ennuyer, de regarder par la fenêtre, de construire des pyramides de sucre et de faire l'éloge des vertus masculines. Tout semble calme, doux et vaguement cotonneux, quand une jeune femme se met à sangloter. Elle est le cas type de celles que Virginia Woolf appelle les filles d'homme cultivé. Et de surcroît fortuné. Son père lui a légué sa richesse à condition qu'elle lise tous les livres de la London Library. Et elle vient de découvrir que la plupart de ces livres sont exécrables, stupides et mal écrits.

Les héroïnes de l'histoire constituent alors une société

secrète pour poser des questions et juger de l'état du monde. Elles décident qu'elles ne donneront plus le jour à aucun enfant tant qu'elles n'auront pas mené à bien leur expertise. Il s'agit d'en finir avec l'irresponsabilité politique, artistique, intellectuelle et sociale de générations de femmes analphabètes qui se sont souciées des enfants, de la perpétuation de l'espèce, une tâche assez prenante au demeurant, laissant aux hommes le soin de s'occuper de tout le reste.

Elles posent un axiome : la vie est faite pour produire de bonnes personnes et de beaux livres. Il faut vérifier si ce postulat a été mis en pratique par l'autre sexe ou non. Et, si ce n'est pas le cas, prendre de sévères mesures. Comme dans les contes, chacune part alors dans une direction. La première est chargée d'évaluer la peinture et la poésie, une autre la musique, la troisième enquête sur le monde des affaires, et la quatrième sur les universités.

Fanny revient du palais de justice convaincue que les juges sont en bois, ou peut-être habités par de grands animaux à ressemblance humaine avec une très forte tendance à somnoler. Le ronflement masculin, cette énigme universelle.

Castalia revient d'Oxbridge très étonnée par les mœurs des professeurs, leur goût pour les cactus et les discussions absconses sur la chasteté de Sappho.

Les recherches se précisent. Les hommes, s'ils n'ont

pas écrit que de bons livres, ont fait preuve d'énormément d'inventivité et de génie technique. La société renoue avec son goût pour cette activité fort agréable : faire l'éloge des hommes, de leur imagination, de leur courage, de leur intelligence intrépide. Elles ont un peu oublié leur déclaration d'intention initiale relative aux bonnes personnes et aux beaux livres, elles se passionnent désormais pour les usines et le fonctionnement du capitalisme, les colonies, les affaires, les avions, et essaient de comprendre pourquoi les hommes sont si affamés et si chevaleresques, mais aussi, et fondamentalement, si méprisants.

Et puis une chose qu'elles avaient complètement oubliée revient comme un retour du refoulé, comme une bombe au milieu d'un marché.

La guerre est déclarée. Aucune des membres de la société ne s'était souciée des guerres.

Pourquoi les hommes partent-ils à la guerre ?

C'est une question à laquelle Virginia Woolf va revenir dans *Trois Guinées*, une question opaque, et dangereuse, sur laquelle le ressort d'une pensée humaniste et universaliste se brise comme la vague sur le granit. Une question qui la fait se plier de douleur.

Il faudrait mettre au point une méthode pour que les hommes mettent au monde les enfants, propose une conjurée, pour qu'ils cessent leur activité débridée, leur terrible besoin de se consoler avec les rubans de leurs décorations et les bénéfices des revenus de leurs rentes, pour qu'ils cessent de se sentir supérieurs, et si condescendants et si malheureux.

Nous périrons, prophétise Cassandra, sous les fruits de cette activité folle. Et l'on ne peut que s'émerveiller – si l'on peut dire – de la pertinence de cette prédiction.

La fable commence avec légèreté, elle finit sur une note grave, on entend la voix tendue de la narratrice, fatiguée et inquiète, même si la paix de Versailles vient d'être signée. Quoi faire, oui, que pouvons-nous espérer, une fois remisées les utopies de jeunesse, une fois enterrés les espoirs naïfs ?

Il n'y a qu'une chose en quoi une femme peut apprendre à croire, après qu'elle a, pour son malheur peut-être, appris à lire, déclare Cassandra, c'est en elle-même.

Et c'est comme un programme, une page blanche, un ciel à déchiffrer. Virginia Woolf ne cesse de penser à l'extrême difficulté de cette injonction si simple qu'elle en paraît presque stupide.

Croire en soi-même.

On en est encore si loin.

Et pourquoi ?

C'est à cette question que répond essentiellement *Une chambre à soi*, le livre certainement le plus connu, sinon le plus lu de Virginia Woolf.

C'est un livre étrange, au destin encore plus étrange, un livre complexe et dérangeant, qui comme toujours mélange les registres, manie la polémique et la fable, les chiffres et les histoires, le raisonnement et la poésie pure.

On en a retenu une chose : une femme doit, pour pouvoir créer ou, aussi bien, pour être libre, disposer d'une chambre à soi et d'une rente, l'indépendance financière. Cela est bel et bon, cela est vrai. Et tout au long de sa vie, Virginia Woolf ne cesse de mettre le doigt avec insistance sur les visibles et invisibles inégalités économiques entre les hommes et les femmes. Mais ce n'est pas l'essentiel. Sinon, une sorte de syndicalisme féminin aurait depuis longtemps fait triompher de si simples et justes revendications. Or il n' y eut guère de syndicalisme féminin, et il n'y en aura jamais, pas plus que de corporatisme, ou de revendications économiques. Car les femmes, jamais, ne se considèrent comme une classe, ni même comme un groupe solidaire.

Virginia Woolf le sait bien, elle qui ne voulut pas faire davantage aux côtés des suffragettes de 1910 que coller des enveloppes, affranchir des lettres, et participer à quelques réunions qui vite lui donnaient la migraine. Se souvenant de ses années de jeunesse, ses années de fille d'homme cultivé, à qui Leslie Stephen autorisait l'accès aux livres de la bibliothèque mais à qui était interdit l'accès au temple, que ce fût celui de l'université ou des académies, elle pose *la* question, une question que n'avaient pas pensé à poser les conjurées d'une société.

Pourquoi les hommes sont-ils en colère, ils semblent tout contrôler et pourtant quelque chose ne va pas. Quelque chose s'est déréglé. Pour avoir confiance en soi, il faut, apparemment, se sentir supérieur. C'est pourquoi il est si important pour un patriarche de penser, sans être contesté, que la moitié de l'humanité lui est inférieure.

Les femmes sont, depuis des millénaires, d'indispensables miroirs grossissants, disons plutôt agrandissants, comme est agrandie l'image d'un être humain sur un écran. Elles donnent ainsi à leurs compagnons l'énergie vitale qui leur est indispensable. Sans ce miroir, plus rien n'est désirable et toute conquête devient inutile. Et c'est sur cette affaire de miroirs, de relations inégalitaires, de siècles de propagande visant à démoraliser les jeunes filles, de millénaires d'injustice économique et juridique, que se penche Virginia Woolf, pour arriver au point qui la soucie le plus, celui de l'inégalité des sexes devant la création littéraire.

En 1931, elle commence à penser sérieusement à écrire *Une chambre à soi*, qui s'appelle d'abord *On frappe à la porte*.

Les livres de Virginia Woolf passent toujours par une sorte de mue, de leur titre de travail à leur titre de publication, comme s'il leur fallait mettre un manteau ou un masque pour affronter l'air glacial du monde extérieur, et les ricanements éventuels, et le mépris parfois, ou l'indifférence. Il y a dans le titre d'un livre quelque chose qui ressortit à une protection.

Elle note dans son *Journal*, le 11 février 1932, qu'elle y pense sans cesse à cause d'un texte de Wells. Il y déclare que la femme doit nécessairement à l'avenir être décorative et ancillaire étant donné qu'elle a été mise à l'épreuve durant dix ans, et qu'elle n'a rien réussi à prouver du tout. Les années folles sont finies, l'ordre est rétabli et les hommes se vengent, d'une manière qu'on n'imagine que trop bien aujourd'hui, de la peur qu'ils ont eue. Le mari de Mary Hutchinson ne veut plus qu'elle fume le cigare, et l'empêche désormais de porter des robes décolletées. Carrington se suicide.

Et Leonard murmure un soir : « On dirait que les choses ont mal tourné. »

Alors Virginia Woolf essaie de mettre des mots sur sa colère. Elle rapporte une rencontre avec Morgan Forster, l'ami de toujours, le protégé, si sensible, si artiste mais si dédaigneux aussi. Ils sont devant la Bibliothèque de Londres, et il lui annonce que le comité de direction dont il est membre a rediscuté de la possibilité d'admettre des femmes en son sein. Il en a conclu que non, les femmes sont trop impossibles.

« J'en ai les mains qui tremblent, écrit-elle.

J'étais furieuse, et plus tard, dans mon bain, j'ai réfléchi au fait d'être méprisée, oui, je démontrerai que l'on ne peut siéger dans des comités où il faudrait aussi servir le thé, au diable ce Morgan qui pense, qui ose penser que je pourrais accepter d'aller fourrer mon nez dans cette boîte à ordures.

Pendant deux mille ans, nous avons rempli des tâches pour lesquelles nous n'étions pas payées, ce n'est certes pas maintenant que je me laisserai soudoyer. »

Et puis elle sourit. Évidemment qu'elle n'a pas dit « boîte à ordures », ce sont des mots pour le *Journal,* des cailloux noirs pour se souvenir de ces saintes colères qui bouillonnent dans le sang, deviennent transparentes et se convertissent en prose ironique et glacée.

« Non, j'ai dit que j'appréciais cet honneur, il faut mentir, et appliquer toutes les crèmes apaisantes à notre portée sur la peau meurtrie de nos frères blessés de façon si cuisante dans leur vanité.

La vérité n'est dicible que pour des femmes dont les pères étaient charcutiers et leur ont laissé des actions dans l'industrie du cochon. »

Il faut mentir, et pourtant ils restent sur le qui-vive, ces pairs, ces écrivains amis, fraternels et impitoyables. Ainsi – mais c'est une digression –, après la mort de Virginia Woolf, on demanda à T. S. Eliot, qu'elle avait tant aimé et tant aidé, d'écrire un article sur elle dans le

Times Literary Supplement. Il refusa, oui, il refusa. On a du mal à le croire, encore aujourd'hui. Il refusa en arguant qu'elle était avant tout une sorte d'épingle qui tenait tout le monde ensemble, qu'il l'avait peu lue, et n'éprouvait pour elle qu'un intérêt presque entièrement personnel qui ne justifiait en rien un article pour un journal. C'était privé.

Passons notre chemin, tirons notre chapeau à la galanterie et au fair-play, ces vertus masculines que nous aimons tant.

Virginia Woolf, tandis qu'elle accumule le matériau qui va servir à *Une chambre à soi* et aux conférences sur les femmes et le roman, ne cesse de repérer les écueils sur lesquels s'écorchent et trébuchent les femmes qu'animent cette colère et ce sentiment d'injustice qui effraient ou font ricaner leurs frères.

Ainsi, en 1933, répond-elle de manière très amicale mais très ferme à son amie Ethel Smyth qui lui a envoyé un article relatif au sort injuste dont sont victimes les musiciennes. « Je t'en supplie, lui dit-elle, cesse de te plaindre, de dire qu'on n'a pas joué ton opéra, que ta messe n'a été dite qu'une fois, cesse d'étaler tes griefs, j'ai envie de lire ton article, mais pour échapper à l'individu qui l'a écrit, je veux des faits, découvrir qu'en 1880, il n'y avait aucune femme dans aucun orchestre, et personne pour enseigner l'harmonie aux femmes, mais je ne veux pas que l'on puisse dire de toi : cette femme est incapable de penser à autre chose qu'elle-même. »

Et elle évoque alors *Une chambre à soi* : « Je me suis obligée à faire de mon personnage un personnage de fiction, de légende. Si j'avais dit : eh vous là-bas regardez-moi, je n'ai pas reçu d'instruction parce que mes frères avaient épuisé les fonds dont nous disposions – ce qui était la stricte vérité –, on n'aurait pas manqué de dire : la voilà qui prêche pour sa paroisse et personne ne m'aurait prise au sérieux. En revanche, sans doute aurais-je eu beaucoup plus de lecteurs, de ceux qui lisent et prennent plaisir au spectacle des gens dont on parle, non parce qu'ils sont vivants, et intéressants, mais parce que ces livres prouvent à quel point les femmes sont vaniteuses et incapables de sortir d'elles-mêmes, je les entends comme si j'y étais… »

Le « je, je, je » des femmes, que Virginia nomme le « I, I, I », est tellement plus visible et intolérable que celui des hommes. Pourtant, le moins que l'on puisse dire c'est qu'ils ne s'en privent pas et en jouissent en toute impunité.

Dans *Les Années*, quand Peggy Pargiter, la jeune doctoresse, se rend à la soirée qui constitue l'équivalent du *Temps retrouvé* dans la *Recherche du temps perdu*, un bal d'été qui s'étend sur plus de cent pages intitulées « Le temps présent ». Elle bavarde, comme on le fait dans ces circonstances, avec toutes sortes de personnes, ne sait souvent quoi dire, et s'étonne des drôles de phrases qui sortent de sa bouche. Par exemple : comment va cet homme qui s'était coupé les doigts de pied avec une hachette ? Elle s'inquiète du peu d'effet que produisent sur elle les étoiles piquées dans la nuit bleue. Un homme lui parle, il doit se nommer Leacock. Elle lui demande s'il écrit de la poésie, parce qu'elle se rappelle vaguement avoir lu son nom dans un journal, et il dit oui, en rejetant sa drôle de tête ramassée, et nerveuse aux traits tirés, il dit oui, comme on secoue pense-t-elle une cerise au bout d'un bâton. Il parle, et elle écoute distraitement.

« Je, je, je, il continuait, c'était comme un bec de vautour qui picore, la succion d'un aspirateur, la sonnerie du téléphone. Je, je, je, elle comprit que rien ne l'arrêterait. Avec ce visage aux traits tirés, égoïste et nerveux, il lui était impossible de se détacher, il devait se montrer, s'exhiber. Mais pourquoi le lui permettre, se dit-elle. En quoi m'intéresse son je, sa poésie ? Elle avait l'impression qu'on lui avait sucé tout son sang, que ses centres nerveux étaient exsangues. Elle se taisait. Il remarqua son manque de sympathie. Il devait la croire stupide. Elle s'excusa. Je suis fatiguée, j'ai veillé toute la nuit dernière, je suis médecin.

L'animation s'éteignit du visage de l'auteur de poèmes quand, à son tour, elle dit je.

Il va s'en aller pensa-t-elle. Il ne peut pas être vous. Il

faut qu'il soit je. Elle sourit car il se levait et s'en allait. »

Je, je, je... Cet avènement de l'individualisme impitoyable et pitoyable, étriqué et mégalomaniaque, est un des enjeux de l'argumentation d'*Une chambre à soi* en faveur d'un renouveau de l'écriture romanesque des femmes. Après avoir analysé l'incroyable nombre de livres écrits par des hommes sur l'autre sexe, après avoir réfléchi à ce nouveau désir d'affirmation de leurs particularités masculines qui a saisi les hommes, elle raconte un livre qu'elle vient de lire. Un livre merveilleux, direct, dénué de détours, comparé aux œuvres des femmes, justement. Il révèle, écrit-elle, une grande liberté d'esprit, une confiance en soi, un naturel enthousiasmant. On ressent une sorte de bien-être physique en présence de cet esprit bien nourri, bien élevé et si libre. Et pourtant...

« Au bout de deux ou trois chapitres, une ombre me sembla s'étendre en travers de la page. C'était une barre droite et sombre, ayant la forme d'un I.

Et j'en ai eu assez, dit-elle. À l'ombre de cette lettre, tout était aussi informe que dans le brouillard, elle provoquait l'aridité, comme le hêtre géant là où s'étend son ombre. »

Le bec aride et douloureux du poète amer, le « je, je, je » insipide, et la colère qui crispe les visages, tels sont les ennemis auxquels aboutit bientôt l'enquête menée par l'héroïne imaginaire d'*Une chambre à soi*. Virginia

Woolf a trop été elle-même victime de cette rage impuissante pour ignorer à quel point elle est stérile, à quel point elle empêche toute vraie création. Mieux vaut en rire, dit-elle, comme je l'ai fait dans *Orlando*, jouer avec les stéréotypes du masculin et du féminin : « Orlando tremblait à la vue d'un danger encouru par autrui, éclatait en sanglots pour un rien, était mauvaise en géographie et soutenait que faire route vers le sud revient à descendre. » Mieux vaut tenter d'apprendre à rire des particularités de l'autre sexe, puisque nous avons tous, derrière la tête, un angle mort, une zone de la taille d'une pièce de monnaie qui nous est invisible.

« Pensez, sourit-elle, aux services que rendrait aux hommes l'existence d'un Strindberg fille, d'une sœur de Juvénal. »

Mais si le rire au féminin, si le sarcasme soulagent, ce sont encore des formes anecdotiques de la création. Il faut renoncer à la colère et à la moquerie, constituer une autre bibliothèque que celle qui est farouchement gardée par les cerbères : l'inventer, l'écrire. Être sourde à la voix chagrine, grommeleuse, autoritaire, paternelle, oser être juste soi.

Les plus belles pages d'*Une chambre à soi* sont visionnaires.

Virginia Woolf, contre le je en bec de vautour, invente un je impersonnel, océanique, celui de toutes les femmes par la voix d'une seule. Toutes les vies infiniment obscures, il reste à les enregistrer, les marchandes de violettes et les vendeuses d'allumettes, Mrs. Brown, et Mrs. Martin, leur absence de conventions, leur anonymat, leur intégrité. Mais avant tout il vous faut éclairer votre âme, ses profondeurs et ses vanités, ses générosités et sa laideur.

C'est cela oser être soi-même, oser suivre sa respiration et inventer une phrase nouvelle, naturelle, adaptée à son histoire et à son corps. Oser penser autrement l'architectonique d'un livre, son tempo, ses ogives et ses arcades, son mouvement, sa densité et ses ellipses, sa durée aussi, sans se laisser intimider par le canon – puisque c'est ainsi qu'on le nomme encore –, qui définit le grand livre du grand écrivain.

Alors, quand beaucoup s'y seront épuisées, se nourrissant des pages de leurs aînées, les critiquant parfois, les recopiant et y trouvant de quoi avoir enfin confiance, alors, écrit Woolf, « si nous acquérons la liberté et le courage d'écrire exactement ce que nous pensons, si nous parvenons à échapper un peu au salon et à voir les humains, non seulement dans leurs rapports les uns avec les autres, mais aussi dans leur relation avec le ciel, les arbres, le reste, alors si nous ne reculons pas devant le fait qu'il n'y a aucun bras auquel s'accrocher, et que nous marchons seules, alors, cette poétesse morte qui était la sœur de Shakespeare prendra cette forme humaine à quoi elle dut si souvent renoncer. Tirant sa vie des inconnues qui furent ses devancières, ainsi qu'avant elle le fit son frère, elle naîtra. »

Et c'est chose qui vaut la peine.

Il y a là une page d'une si grande force, et d'une telle beauté, qu'on devrait l'apprendre par cœur ou, à tout le moins, ne jamais perdre une occasion de la partager.

Car c'est une énorme boursouflure que cette guerre. Une vieille dame fixant son chapeau avec des épingles a plus de réalité.

V. W.

De « La Tour penchée »
à la Tour bombardée

Certains écrivains sont comme des sismographes. Ils ressentent profondément, et souvent en avance sur les autres, les ondes de choc qui traversent, divisent et abattent les sociétés. Virginia Woolf est de ceux-là, bien qu'elle s'en défende à maintes reprises et se plaise à dénigrer son sens politique.

Elle ignore où se trouve le Guatemala et considère la lutte des classes sous l'angle de la tyrannie que font régner les bonnes et les cuisinières sur les maisonnées qu'elles dirigent secrètement; mais c'est une ruse. Ou plutôt une fuite inconsciente. Elle fait la bête, comme disent les nourrices, pour se protéger de ce qu'elle voit trop bien. Elle s'accuse elle-même de ne pas rendre compte dans ses romans des changements qui bouleversent la société. C'est pourtant Clarissa Dalloway, double de l'auteur, qui s'étonne ainsi : « Ces cinq années – de 1918 à 1923 – avaient dû avoir, à ce qu'il lui semblait, une grande importance. Les gens avaient l'air différents. Les journaux avaient l'air différents. Un homme pouvait par exemple aujourd'hui écrire sans ambages dans un hebdomadaire respectable sur une histoire de cabinets. Ça, vous n'auriez pas pu le trouver il y a dix ans. » Ce sont les années folles, les années de la libération, du suffrage accordé aux femmes (de plus de trente ans). Des années prises entre le refoulement victorien et la répression d'après-guerre. C'est un monde chaotique dans lequel s'éveille la conscience de Virginia Woolf, un monde qui n'est plus régi par les valeurs transmises, les codes hérités. Elle s'inquiète, elle ne s'affole pas, elle pense. Et comme elle craint de parler de ce qu'elle ne connaît pas, elle choisit de décrire la posture de l'écrivain, l'écrivain d'hier, d'aujourd'hui et de demain, celui qui se penche sur le monde et regarde.

Dans sa conférence donnée en mai 1940 à la Workers' Educational Association de Brighton, et intitulée « La Tour penchée », elle fait le bilan des trente dernières années, rend compte de l'impact de la Première Guerre mondiale et annonce les bouleversements de la seconde. Elle analyse au passage le système éducatif anglais, un univers à deux vitesses fondé sur l'éducation nationale gratuite d'un côté, et les *public schools* de l'autre – fausses amies de toujours car, contrairement à ce que leur nom semble indiquer, elles ne sont pas des écoles publiques mais des écoles privées, onéreuses et élitistes. Virginia Woolf déclare à leur propos : « Quand on pense à cette criminelle injustice on est tenté de dire que l'Angleterre mérite de n'avoir pas de littérature. »

Mais « La Tour penchée » est une œuvre spéculative. Virginia Woolf y pose la question, non encore résolue, de l'avenir du roman et la problématique cruciale de la littérature en temps de guerre.

L'écrivain est assis, nous dit-elle. C'est sa posture, cela fait partie de son métier. Il est assis pour regarder le monde et, jusqu'en 1914, c'est chose aisée car le monde ne change pas. Ainsi « nous pouvons dire que la paix et la prospérité furent les influences qui donnèrent aux écrivains du dix-neuvième siècle un air de famille. Ils avaient des loisirs ; ils avaient la sécurité ; la vie ne risquait pas de changer. Ils pouvaient regarder, puis cesser de regarder. Ils pouvaient oublier ; et puis, dans leurs livres, se souvenir. » Après avoir détaillé la position, elle s'intéresse au siège. Ils sont, nous dit-elle encore, assis au sommet d'une tour, la tour en stuc de leur bonne éducation, ornée de l'or qu'il a fallu pour payer leur scolarité. C'est de là-haut qu'ils examinent le monde. Mais la guerre et les révolutions arrivent et la tour penche : « En Allemagne, en Russie, en Italie, en Espagne, on déracinait toutes les vieilles haies, on jetait toutes les vieilles tours par terre. On plantait d'autres haies, on élevait d'autres tours. Il y avait le communisme dans tel pays, le fascisme dans tel autre. Toute la civilisation, toute la société changeait. »

Au sommet de ces nouvelles tours penchées, l'écrivain se sent menacé, son regard est biaisé, et au malaise succède la colère. La colère de ne pas bénéficier des meilleures conditions. C'est comme un photographe qui ferait reproche à son modèle : « Si tu remues sans arrêt, la photo sera floue. » Impossible alors de se concentrer sur le cadre, sur la lumière. Les écrivains d'après 1914 s'énervent, le monde a bougé. « On s'explique la violence de leurs attaques contre la société bourgeoise, et aussi que cette violence garde une certaine tiédeur. Ils profitent d'une société qu'ils insultent. Ils fouettent un cheval mort, ou mourant, parce qu'un cheval vivant, s'ils le fouettaient, les jetterait par terre. »

C'est de cette ambivalence que naît la littérature bâtarde de l'entre-deux-guerres. Il existe une tension nouvelle entre l'auteur et la société qui l'a produit : la critique est autorisée, les langues se délient, mais le panorama est si trouble, les données si furtives que la liberté d'expression ressemble à un cadeau empoisonné : « Ôtez les haies du monde de Trollope, du monde de Jane Austen, et que resterait-il de leur comédie et de leur tragédie ? » demande Virginia Woolf, tourmentée par la confusion ambiante.

Ne nous méprenons pas, son discours social n'est ni conservateur ni rétrograde ; il n'est pas question de se lamenter sur la disparition des classes, phénomène auquel elle croit fermement, en bonne idéaliste. « Si l'action de l'impôt sur le revenu continue à se faire sentir, les classes disparaîtront », déclare-t-elle (et on aimerait la croire). Elle se borne simplement à constater la fin prochaine du roman tel qu'on l'avait connu jusqu'alors et s'empresse de déclarer : « Le roman d'un monde sans classes et sans tours sera meilleur que l'ancien. »

Ce qu'elle ignore, c'est où le romancier ira chercher ses ressorts dramatiques si l'effrayante machine à piston de l'inégalité sociale cesse de fonctionner. Devra-t-il se contenter des misères conjugales, des soucis familiaux ? L'angle sera alors réduit, on ne regardera qu'un tout petit morceau de monde. Elle reste pourtant optimiste et c'est une décision importante.

Lorsqu'elle rédige cette conférence, elle a cinquante-huit ans, une œuvre déjà importante derrière elle et de jeunes auteurs qu'elle publie et protège, dont John Lehmann ou Christopher Isherwood. Elle observe la génération montante avec bienveillance, consciente des difficultés nouvelles que celle-ci aura à affronter. Elle craint que les jeunes écrivains ne s'égarent dans l'auto-contemplation lorsqu'elle écrit avec sagesse : « Quand tout bascule autour de vous, le seul être qui reste relativement stable c'est vous-même » ; mais elle remarque, dans les lignes qui suivent, qu'il est si difficile de parler de soi de manière créatrice qu'il est fort possible que cette moisson d'autobiographies récoltée entre 1930 et 1940 soit plus passionnante que les récits aseptisés du dix-neuvième.

On sent pourtant que le découragement n'est pas loin, que l'optimisme relatif, sans être forcé, correspond davantage à un vœu pieux qu'à une conviction. Elle espère que le roman nouveau sera meilleur mais, en attendant, elle a conscience d'habiter un entre-deux-mondes de l'Histoire, de vivre dans une faille. Les planchers sont en pente, partout des crevasses s'ouvrent sous le pas. Les Allemands n'ont pas franchi la Manche mais leurs avions traversent le ciel et lâchent leurs bombes. C'est une époque apocalyptique qui n'est pas sans rappeler la nôtre, avec son individualisme forcené, pauvre réponse à une menace que l'on ne sait nommer, que l'on craint de définir, qui est là partout et nulle part, qui nous habite et nous quitte pour mieux resurgir.

L'idéal, pour un écrivain, serait de pouvoir contempler à loisir les actions et les réactions nées d'une tension constante, d'examiner le point d'équilibre, cette stabilité sans cesse remise en jeu par les forces antagonistes. La crise n'est pas souhaitable. La guerre, si elle est l'ennemie du peuple, des femmes et des enfants, est également un terrible fléau pour la littérature. Ce n'est pas tant parce que l'écrivain a peur, peur des bombes, de la mort, du déchaînement de la violence qu'il ne peut pas écrire, c'est surtout parce qu'il sent qu'il ne sera pas entendu. Le lecteur a, comme on dit, d'autres priorités. Le lecteur pense à sa ration de pain, à son fils parti au front, aux vitres de la salle à manger qui ont été pulvérisées.

« L'écho ne répond plus, note Virginia Woolf dans son *Journal* de l'année 1940. Je ne suis plus entourée. Et je ressens si peu l'existence d'un public que j'en oublie de me demander si *Roger* va ou non être publié. »

Celle qui a fondé son théâtre littéraire sur le lien avec le public et n'a cessé de lutter pour que le lecteur ordinaire ose s'emparer des livres, celle qui fait dire à Shakespeare, Virgile, Dante et Eschyle s'adressant au roturier du lectorat : « Ne me laisse pas aux gens en robe et en toque. Lis-moi, lis-moi toi-même ! », se retrouve seule, coupée, par les circonstances, de son indispensable destinataire. De cette absence, de cette disparition, va naître une autre écriture, lente, erratique, parfois douloureuse (comme pour la rédaction de *Roger Fry*), mais aussi les pages les plus saisissantes de son *Journal*, un journal d'écrivain, un journal de guerre.

La guerre, cette maladie incurable

C'est en 1937 que la guerre surgit dans la vie de Virginia Woolf, comme elle a commencé pour d'autres en 1933, en Allemagne, ou en 1936 en Espagne.

Julian Bell, le fils de Vanessa, est tué le 19 juillet, près de Barcelone, où il venait de rejoindre comme ambulancier l'organisation espagnole de secours aux blessés.

Virginia note que pendant tout l'été, sans savoir d'où cela vient, elle entend dans sa tête des vers mélancoliques de Lowell qui disent qu'il n'est pas juste que les plus jeunes partent les premiers. Les mots remontent à la mémoire, comme des nénuphars de l'inconscient.

« Après la mort de Thoby, écrit-elle, je marchais dans Londres en me récitant le vers de Stevenson, celui qui dit : toi seul as traversé le fleuve mélancolique… » Aujourd'hui, ce sont les froides syllabes du poème de Lowell, pour dire la perte absolue, et absurde.

« Il est mort, disait Neville parlant de Perceval, dans *Les Vagues*. L'univers s'écroule et m'assomme dans sa chute.

C'est fini, toutes les lumières du monde sont éteintes. De nouveau, l'arbre impitoyable me barre la route. Nous méritons d'être écrasés comme une taupinière. »

« Voilà la flaque que je ne puis franchir, disait Rhoda, j'entends tout contre moi le bruit de la grande meule. Si je ne parviens pas à toucher quelque chose de dur, ma vie se passera à flotter le long d'un corridor éternel. Comment retraverser le gouffre énorme et rejoindre mon corps ? Examinons le legs que me laisse Perceval. Je suis seule dans un monde hostile. La face humaine est atroce et j'aime cela. Je recherche le bruit des rues, la violence et la sensation d'être une pierre que la vague broie sur les rochers. J'aime les cheminées d'usine, les transbordeurs et les camions, j'aime le passage perpétuel des visages, visages déformés, indifférents visages. Je vogue sur des flots agités et quand j'irai au fond, nul ne sera là pour me sauver. »

La mort de Julian, comme celle de Perceval, c'est la forme que prend la menace fasciste, la forme concrète. Bien sûr il y a les meetings, les discours de Hitler à la radio, les discussions sans fin sur Chamberlain, ses fautes, la fausse perspicacité des uns et des autres, les commentaires de Maynard Keynes, les visites de nouveaux réfugiés, Juifs allemands, autrichiens ou tchèques, l'angoisse qui monte, mais il y a avant tout cette mort qui rend tout le reste vide de sens. « En écrivant, désormais, dit-elle, je pense tout le temps à Julian. »

Sans lui, l'avenir est tranché, tronqué, déformé.

La guerre rôde. Et Virginia Woolf va s'employer à observer sans relâche les effets qu'elle produit sur elle, sur eux, sur les visages tendus, sur les files de fourmis humaines qui cherchent à se protéger, à s'approvisionner ou à avoir moins peur, courant dans Londres aux lumières éteintes, ou dans les marais des alentours de Monks House.

En juin, elle a vu arriver à Tavistock Square une longue file de réfugiés, comme une caravane dans le désert, des Espagnols fuyant Barcelone et Bilbao défaites, et les larmes, dit-elle, « me sont montées aux yeux ».

« Ils allaient, procession silencieuse, des enfants fatigués, des femmes coiffées de foulards aux couleurs vives, avec des bébés, des jeunes gens portant tous de piètres valises, étreignant des bouilloires pansues d'émail bleu vif. »

La description est bouleversante. Elle se conclut par cette phrase éloquente : « C'est sans doute une des raisons pour lesquelles nous ne pouvons plus écrire comme avant. »

Elle y repense en janvier 1939, au cours d'une de ses innombrables promenades dans Londres, le long des quais glissants et jonchés de ferraille. Le vent est glacial. La femme au bébé dans son baluchon lui revient en tête comme le fait une chanson.

Elle se réfugie pourtant, très consciemment, dans

l'écriture. *Trois Guinées* est une bulle magique, un narcotique. Les images habituelles lui viennent, le texte galope, les idées fusent, elle est un volcan, et tout cela dresse un rempart contre les idées noires, se battre avec les mots, contre la bêtise épaisse, contre l'étrange aspect du monde, le pâle monde sans illusions qu'elle aperçoit de temps à autre lorsque les parois, dit-elle, s'amincissent, que la protection s'estompe.

Trois Guinées est un pamphlet contre la compromission intellectuelle. « Notre meilleure façon de vous aider à empêcher la guerre, dit-elle à un mystérieux interlocuteur antifasciste, est de trouver des mots neufs et des méthodes nouvelles. » Ce sont des pages noircies pour faire barrage à la confusion qui règne chez ceux qui croient qu'il peut suffire d'envoyer de l'argent – trois guinées – pour préserver la paix. C'est aussi une mise à plat des relations entre la société patriarcale et le fascisme, sur la position des femmes, et sur le rôle que joue l'art. L'univers de la vie privée et celui de la vie publique sont inséparablement liés, les tyrannies et les servilités sont les mêmes. Et c'est là qu'elle pense avoir son rôle à jouer : ne jamais laisser oublier, dans l'espace abstrait de la vie publique, l'immensité de nos émotions intimes. Y revenir toujours, ne pas les laisser manipuler. Les protéger, en cherchant le mot juste. Observer et dire la vérité. Oser la dire, même si elle est de mauvais goût. Dire qu'un livre qui vient de paraître et ne suscite aucune critique peut faire penser à un avion parti en reconnaissance et qui n'est pas revenu à la base. Dire qu'une partie de pétanque perdue lui fait penser à Hitler, défaite pour défaite.

L'art comme *praxis*, tel est son credo inlassable. Le livre file, le livre est vite fini.

Le 12 mars 1938, le jour où Hitler, qui a envahi depuis longtemps les esprits, envahit l'Autriche, elle se dit qu'elle a fait ce qu'elle devait, qu'elle a dit ce qu'elle tenait à dire, même si c'était futile et même si cela ne sert à rien. Le vieux fantôme grimaçant de l'à quoi bon rôde.

C'est presque la guerre, les aéroplanes bourdonnent au-dessus de la maison, et Julian n'est pas là pour voir les jonquilles, les cygnes, la vieille mendiante du square.

À partir de cette date, les images de guerre affluent entre les lignes, les images de guerre et les réflexions sur leur irréalité.

« J'ai vu six tanks, note-t-elle, et des automitrailleuses qui descendaient à pic la colline pour se grouper comme des cancrelats à la ferme du Rat. »

L'irréalité, c'est que tout cela, la mort, les batailles, les ténèbres, est contenu dans le cerveau d'un petit homme ridicule qui hurle. Tout tient dans les hurlements sauvages qu'on écoute à la radio.

« Je suis allée à la Bibliothèque de Londres – toujours revenir aux sources – écrit-elle fin septembre, un vieux bonhomme enlevait la poussière sous les chaises, il s'est approché pour me dire qu'on signalait qu'il fallait essayer nos masques. »

Dans la rue, plus tard, un haut-parleur à la voix enjôleuse répétait la même chose. Virginia Woolf, comme tous les autres Londoniens, enfila son masque à gaz et attendit la suite. Qui ne vint pas tout de suite, comme nous le savons, nous.

« Il faut tout noter », dit-elle. La voix de la BBC qui est mesurée et cultivée, les consignes qui sont tellement étonnantes, emporter des vêtements chauds et des cartes postales, mais pas de lunettes.

On annonce que les serpents du zoo vont être tués et les fauves abattus. On imagine Londres ravagée par les cobras et les tigres. Hitler aboie, les Allemands hurlent et la voix calme de la radio recommande de ne pas prendre avec soi les animaux domestiques.

Oui, c'est l'irréalité du réel qui obsède ces pages.

« Tous ces hommes à la mine sombre me font penser à des adultes qui regarderaient avec incrédulité le château de sable d'un enfant qui s'est soudain transformé en vaste château bien réel impossible à détruire sans poudre à canon, ni dynamite. »

« La guerre, écrit-elle en mai 1940, est pareille à une maladie incurable. Pendant toute une journée, elle vous obsède totalement, et puis la faculté d'éprouver des sensations s'estompe, le jour suivant, on se retrouve privé de son corps, en suspens – comme le disait Rhoda –, puis les batteries rechargées, c'est à nouveau, quoi ? La terreur des bombes, l'invasion prochaine, la bataille d'Angleterre, le gouvernement anglais prendra le chemin du Canada, et nous celui des camps de concentration, à moins que nous n'avalions des somnifères. Les Juifs anéantis, à quoi bon attendre, autant fermer les portes du garage tout de suite. » Voilà un discours sensé et pragmatique.

Effet typique de la maladie incurable : juste après cette discussion, chacun va faire son courrier, et Virginia remercie George Bernard Shaw pour une lettre affectueuse qui, sans doute, la ramène aux *Trois Guinées*.

Et il en est ainsi pendant des mois et des mois, et les nerfs s'usent, et le suspense sinistre rebondit à l'infini : le bulletin de neuf heures va-t-il mettre un point final à nos vies, la tristesse et le silence glacé sont interrompus par les promenades à Londres, au milieu des obus, les parties de boules terminées en catastrophe à cause d'une alerte.

« Je note que la violence est bien la chose la plus inintéressante », remarque-t-elle, et c'est une phrase que l'on pourrait recopier sur les frontons des postes de télévision.

Cela signifie que les sensations que l'on éprouve sont exclusivement physiques, le froid qui envahit, l'engourdissement, nous avons terminé nos rideaux et transporté des sacs de charbon. Mon cerveau est en panne.

Serais-je lâche ?

Mon esprit semble se mettre en boule et se montre de plus en plus incertain.

Elle est si peu lâche, et si drôle.

Un peu plus tard au mois d'octobre, alors que les bombardements sont devenus routine, elle écrit : « Trouvera-t-on étrange qu'un jour, L. et moi ayons d'abord regardé un cratère creusé par une bombe puis écouté le bourdonnement des Allemands au-dessus de nos têtes puis que je me sois rapprochée de Leonard en décrétant avec sagesse qu'il valait mieux qu'ils fassent d'une pierre deux coups ? »

Toujours obnubilée par la crainte de la pose qui met une moisissure sur toute parole, elle ne se passe rien : « Leonard a donné toutes nos casseroles pour qu'on construise des avions avec, sans commentaires, je n'apprécie aucun des sentiments engendrés par la guerre, le patriotisme, le sens de la communauté, etc. Toutes choses qui ne sont que des parodies sentimentales de nos véritables émotions. »

Et puis, tiens, voici une vraie émotion : « Lorsque douze avions sont passés hier soir en se dirigeant vers la mer pour aller se battre, j'ai eu une réaction personnelle, je crois, pas collective et dictée par la BBC. Dans un élan quasi instinctif, je leur ai souhaité bonne chance ! »

Les vraies émotions, les préserver, tout est là quand la réalité se désagrège.

« En me promenant aujourd'hui du côté de l'étang de Kingfisher, j'ai vu mon premier train-hôpital. Pas funèbre, mais lourd, avançant comme s'il prenait soin de ne pas ébranler les os. C'était une chose – je cherche le mot juste – tendre, triste, intime, pesant sous la charge, qui ramenait nos blessés en leur faisant traverser des champs de verdure que certains auront sans doute regardés. Non que j'aie vu leurs visages. Mais la faculté de percevoir les choses en imagination me laisse à ce point envahie par une impression en partie visuelle, en partie émotionnelle que je suis incapable, bien que j'en sois tout imprégnée, de retrouver, une fois revenue à la maison, la lenteur, l'allure cadavérique, la douleur de ce train interminable et lourd qui transportait son fardeau à travers champs. »

Mecklenburg Square, où avait été déménagée la Hogarth Press, est détruit. « Tavistock Square est bombardé, tout ce que nous avions est perdu, remarque-t-elle, tout ce que nous avions mis tant de temps à accumuler. Maudit soit Hitler qui a eu raison de nos livres, de nos tables, de nos tapis et de nos tableaux, et qui fait que nous nous retrouvons ici, démunis, nus, dans le clapotis de l'hiver. »

C'est la vie ordinaire, décrite avec sincérité, sans acrimonie, mais avec tant d'angoisse : « Garvin dit que chacun de nous, homme, femme, enfant, chien, chat, et même charançon, doit tenir solidement amarré. Eh oui, me disais-je en moi-même, nous vivons sans avenir. C'est cela qui est étrange, avoir le nez collé contre une porte close. »

À marée basse

« Tous les écrivains sont malheureux. La peinture de l'univers reflété dans les livres est, de ce fait, trop sombre. Ce sont les gens sans mots qui sont heureux ; les femmes dans le jardin de leur cottage. »

Les gens sans mots. Le contraire de Virginia Woolf. Desmond MacCarthy lui faisait d'ailleurs remarquer : « Vous ne vivez vraiment que dans les idées. » Tout se bouscule. Est-ce le mot qui blesse ? Est-ce le mot qui console ?

Lorsque Virginia Woolf n'écrit pas, elle se ronge, lorsqu'elle écrit elle s'épuise. Mais il existe deux sortes d'épuisement. D'un côté, celui qui accompagne l'exaltation et lui fait regretter, un jour de janvier 1941 : « Ce dont j'ai besoin, c'est des enthousiasmes d'autrefois. » De l'autre, l'épuisement qui suit la fin d'un livre, et fait résonner alors, comme un glas, la vanité de l'entreprise. Une fois le livre terminé, on ne comprend même plus pourquoi on a voulu l'écrire.

Les hauts et les bas. Virginia Woolf eut beaucoup des deux et les lignes qu'elle écrit sur le bonheur d'être au monde – ce qu'elle nomme dans *La Promenade au phare* le trésor de la vie – sont aussi convaincantes et nombreuses que celles qui s'attachent à décrire ses dépressions. C'est une question de lucidité. Lucidité qu'elle sait indispensable, malgré le danger qu'elle représente. C'est lorsqu'on est au plus mal que le pouvoir de perception s'accroît, elle le rappelle dans son *Journal* en septembre 1919 : « Je n'oublie jamais le dicton qui veut que ce soit à marée basse que l'on ait la vision la plus claire. Je me dis que neuf personnes sur dix ne connaissent jamais un seul jour de l'année ce bonheur dont je jouis presque en permanence ; maintenant, c'est mon tour de connaître leur sort. »

Le sort du commun, c'est donc l'aveuglement chagrin, le train-train morne et l'abattement. Que devient la femme dans le jardin de son cottage ? Et si cette femme était aussi Virginia Woolf ? Une femme sans mots qui se livre à l'exaltation de la vision, aux joies du jeu de boules, à la félicité d'un mariage heureux, aux relations complices avec ses neveux et nièces, au tendre commerce de l'amitié. Une femme qui ne craint pas d'affirmer : « Il est bien clair que ces misères sont de toutes petites misères sans importance, et qu'on ne trouverait pas une femme plus foncièrement heureuse que moi dans le quartier ; que je suis la plus heureuse des épouses, le plus heureux des écrivains et, je le prétends, l'habitante la plus aimée de tout Tavistock Square. Si je fais le compte de mes chances, elles sont assurément plus nombreuses que mes chagrins. »

Nous sommes en 1929 – qui n'est pourtant pas restée dans les annales comme un grand millésime du bonheur. On voudrait pouvoir garder cette image de Virginia Woolf, un sourire paisible et rusé aux lèvres, le sourire de celle qui a vaincu sa « grande antagoniste, la vie », comme Mrs. Ramsay dans *La Promenade au phare*. Elle a connu tant de deuils, surmonté tant de chagrins, vécu des temps si difficiles que l'on voudrait croire à sa longévité.

Mais voilà, le 28 mars 1941 elle s'est jetée dans l'Ouse, des cailloux dans les poches, elle avait cinquante-neuf ans.

Il est facile ensuite de prétendre que tout le laissait prévoir, et on lit à rebours chaque plainte comme un signe avant-coureur. La moindre larme se fait oracle. On conclut qu'elle était folle, on diagnostique qu'elle était dépressive chronique, frappée de mélancolie. Oui, c'est vrai, elle était excessive, en joie comme en douleur, et l'on ne peut s'empêcher de trouver troublantes ces références multiples, ces *flash-forwards* dont elle a le secret qui – comme les cailloux blancs soudain rendus macabres d'un petit poucet suicidaire – parsèment son *Journal* et sa correspondance. Dans une lettre à Violet

Dickinson, elle écrit : « Vous me dites que j'ai échoué en tant qu'auteur et en tant que femme. Je vais donc piquer une tête dans la Serpentine qui, je vois, a deux mètres de profondeur de boue malodorante. » Dans cette autre à Ethel Smyth : « Pourquoi un simple jaillissement d'eau suffit-il à satisfaire toutes les aspirations religieuses que l'on peut avoir ? Si ce n'était Leonard, qui m'a retenue… je me serais lancée dans une fantastique rhapsodie. » Ou dans cette autre encore adressée à John Lehmann : « Si je vis encore cinquante ans, je crois que j'arriverai à tirer quelque chose de cette méthode, mais vu que, dans cinquante ans, je serai sous le bassin, avec les poissons rouges qui nageront au-dessus de moi… »

On la disait démente, elle se disait démente, et pourtant, comment accomplir une œuvre aussi conséquente, exigeante, si fortement structurée, entremêlant sans cesse sérieux et drôlerie si le cerveau est occupé ailleurs, à gambader dans les effrayantes prairies de la psychose ? C'est peut-être que le mal fut intermittent car, des médecins, elle ne reçut jamais grand secours comme elle s'en plaint dans son *Journal* en 1933 : « Quels sont les rapports du cerveau et du corps ? Personne dans Harley Street n'a pu me l'expliquer. »

On a trop vite étiqueté sa psyché et on s'est empressé d'oublier que les trois grandes dépressions qui marquèrent sa vie se déclarèrent toutes à la suite d'un choc.

« C'est mon aptitude à recevoir des chocs, disait-elle, qui fait de moi un écrivain », c'est cette même aptitude qui déchaîna ce qu'elle appelait « les démons noirs et velus de la dépression ». Son existence ne se résuma pas à entendre des voix, à se tordre les mains dans son lit et à se jeter sur son mari et sur les infirmières pour les griffer et les rouer de coups. Cela arriva une première fois juste après la mort de sa mère, puis l'année de son mariage – la lune de miel ayant fait retentir l'écho des séances douloureuses infligées par ses demi-frères –, et enfin en 1941, alors que l'Angleterre était à la merci des bombardements, que Tavistock Square (où elle avait écrit presque tous ses romans) était en ruine et que l'invasion allemande semblait imminente. Elle sentit que la folie revenait, car elle connaissait bien le mal et s'était livrée à une étude détaillée de ses symptômes et de son fonctionnement : « Je crois, écrivait-elle en 1930, qu'en ce qui me concerne, ces maladies sont – comment dire – en partie mystiques. Il arrive quelque chose à mon cerveau. Il refuse de continuer à enregistrer des impressions. Il se ferme. »

Au troisième assaut, elle capitula, avant même que la crise se déclare. Et c'est d'autant plus troublant que c'est lucide et calme qu'on la voit s'enfoncer dans les eaux. Quelques mois plus tôt, elle se sentait encore prête à affronter l'invasion. Le 26 janvier 1941, elle notait : « Je lutte contre le découragement. [...] Ce puits de désespoir ne va pas, je le jure, m'engloutir. La solitude est grande. La vie à Rodmell est insignifiante. La maison est humide et mal tenue. Mais il n'y a pas d'alternative. Et puis les jours vont allonger [...]. Sommeil et laisser-aller ; musarder, lire, faire de la cuisine, bicyclette, oh, et puis un bon livre bien dur, bien rocailleux comme, par exemple, Herbert Fisher, voilà l'ordonnance que je me prescris. » Elle aurait pu continuer, mais elle était à bout et ne voyait pas d'avenir. Elle qui passait son temps à se projeter dans le futur, à organiser ses semaines, ses mois, ses années en fonction de toutes les œuvres qu'elle avait en tête, butait depuis quelque temps sur l'opacité du futur. En 1940, elle prédisait : « Nous affluons vers le bord du précipice. Et puis... Je ne peux imaginer qu'il y aura un 27 juin 1941. Cela enlève quelque chose même au thé de Charleston. Une autre journée est tombée dans le ruisseau du moulin. » Elle avait raison, il n'y eut effectivement jamais de 27 juin 1941 pour elle.

De la même manière qu'elle cogne contre la porte fermée de l'avenir, nous nous heurtons à l'énigme de son suicide. Depuis sa seconde dépression, elle était toujours parvenue à contrer la maladie qui survenait parfois sans prévenir, comme ce fut le cas durant l'année 1920 : « Eliot surgissant sur les talons d'une longue période de travail consacrée au roman (deux mois sans interruption) m'a rendue découragée, a jeté une ombre sur moi. Or, l'esprit engagé dans une œuvre de fiction a besoin de toute sa hardiesse, de toute sa confiance. Il ne m'a rien dit, mais j'ai pensé que ce que je faisais serait probablement mieux fait par Mr. Joyce. »

À partir de là elle sombre et écrit ses plus belles pages sur son démon de toujours : « Pourquoi la vie est-elle donc si tragique ? Si semblable à une bordure de trottoir au-dessus d'un gouffre ? Je regarde en bas, le vertige me gagne ; je me demande comment j'arriverai jamais au terme de ma route. […] Je veux donner l'illusion d'une réussite, même à moi. Pourtant je n'arrive pas à toucher le fond. Cela vient de ce que je n'ai pas d'enfants, que je suis loin de mes amis, que je n'arrive pas à bien écrire, que je dépense trop pour la nourriture, que je vieillis ? » Mais elle se rattrape, elle veut y croire encore et se dit : « En dépit de tout cela, comme je suis heureuse… n'était cette impression d'une étroite bordure de trottoir au-dessus d'un gouffre. »

Cette étroite bordure de trottoir, c'est la ligne qui sépare le sain d'esprit du fou. La plupart d'entre nous marchent bien au milieu, évitant d'arpenter cet espace frontière où se déroulent tant de choses intéressantes, mais où l'on risque d'être terrassé par le vertige. Virginia Woolf prend le risque. Le funambulisme devient un art. Jusqu'au jour où tout bascule. Parce que, pour marcher droit, pour garder l'équilibre quand on avance sur un fil, il faut fixer les yeux sur l'horizon, regarder loin devant.

En 1941, on ne voyait pas grand-chose. C'est cette absence de vision qui, à la même époque, entraîna vers le suicide Walter Benjamin et Stefan Zweig, ainsi que beaucoup d'autres dont nous ignorons les noms.

Mettre fin à ses jours en 1941, aveuglé par la barbarie nouvelle, ne peut s'interpréter comme un simple geste de désespoir, c'est un acte de rébellion, un acte politique, l'expression d'un désaccord si profond qu'il fend la conscience en deux. Ne pas reconnaître cette parenté dans les actes, ne pas établir le lien entre les suicidés de la Seconde Guerre mondiale, c'est refuser de voir que l'on peut être poète et engagé, femme et engagée, folle, allez, oui, d'accord, folle et pourtant engagée.

Et comme il s'agit de finir sur la bravoure, terminons par ce défi lancé par Virginia Woolf le mardi 7 avril 1925 :

« Personne ne pourra dire que je n'ai pas connu un bonheur parfait, mais bien peu pourraient en déterminer la minute précise ni en définir la raison. Même moi, qui évoluais par moments dans un océan de joie, je n'aurais pu dire que cela : "Je ne désire rien de plus" ; ni imaginer rien qui pût être meilleur. J'avais seulement ce sentiment un peu superstitieux que les dieux, lorsqu'ils ont accordé le bonheur, le regrettent. Mais pas si vous l'avez atteint par des voies inattendues. »

Repères généalogiques

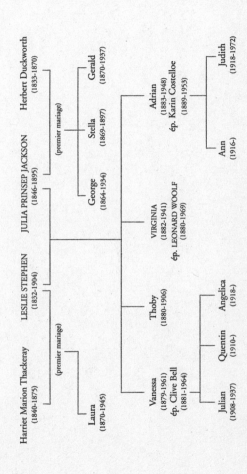

Harriet Marion Thackeray (1840-1875)

LESLIE STEPHEN (1832-1904)

JULIA PRINSEP JACKSON (1846-1895)

Herbert Duckworth (1833-1870)

(premier mariage)

(premier mariage)

Laura (1870-1945)

Vanessa (1879-1961)
ép. Clive Bell (1881-1964)

Thoby (1880-1906)

George (1864-1934)

Stella (1869-1897)

Gerald (1870-1937)

VIRGINIA (1882-1941)
ép. LEONARD WOOLF (1880-1969)

Adrian (1883-1948)
ép. Karin Costelloe (1889-1953)

Julian (1908-1937)

Quentin (1910-)

Angelica (1918-)

Ann (1916-)

Judith (1918-1972)

Sources bibliographiques

Hannah Arendt, en évoquant les portraits qui composent ses *Vies politiques*, disait qu'un essai biographique est toujours un montage de citations. Elle disait aussi qu'écrire une biographie consiste à relier entre eux des points lumineux, jusqu'à ce que la figure cachée, le dessin, apparaisse. Un dessin est caché dans l'ouate, dit Virginia Woolf. C'est ainsi que nous avons conçu ce livre. Il est né de nos lectures et de nos relectures des romans, des essais, des lettres, des nouvelles et du *Journal* de Virginia Woolf. Ce que nous désirons plus que tout, c'est que ce portrait, puisque c'en est un, amène de nombreux lecteurs à l'œuvre elle-même, dégagée des malentendus, des clichés qui s'y attachent encore.

Notre manière de citer est celle des écrivains et non des universitaires : qu'on ne nous en veuille pas de ne pas référencer nos citations, ce n'est pas notre manière et ce n'est pas le propos. Comme le dit l'écrivain Rick

Moody, il est parfois agréable, et même intéressant de renoncer à se demander qui exactement est en train de parler. Surtout quand il y a deux auteurs, deux voix se mêlant à une troisième.

Les passages cités sont extraits des ouvrages suivants :
Les huit tomes du *Journal* ont paru aux éditions Stock (trad. Colette-Marie Huet et Marie-Ange Dutartre, 1981-1990), de même que *Instants de Vie* (trad. Colette-Marie Huet, 1986), *Les Vagues* (trad. Marguerite Yourcenar, 1974) et *Entre les Actes* (trad. Charles Cestre, 1974).
Les *Lettres* (trad. Claude Demanuelli, 1993) ont paru aux éditions du Seuil, de même que *L'Art du roman* (trad. Rose Celli, 1962) et *La Fascination de l'étang* (trad. Josée Kamoun, 1990).
La Promenade au phare (trad. Magali Merle sous le titre *Voyage au phare*), *Mrs. Dalloway* (trad. Pascale Michon), *Orlando* (trad. Catherine Pappo-Musard), *La Chambre de Jacob* (trad. Magali Merle) et les nouvelles (trad. Pierre Nordon) – "Objets massifs", "La dame dans le miroir", "La marque sur le mur" – sont publiés dans ROMANS ET NOUVELLES ("Classiques modernes", La Pochothèque, 1993).
Une chambre à soi (trad. Viviane Forrester) est parue en 10/18 (2001).

La *Lettre à un jeune poète* (trad. Jacqueline Délia, 1996) est parue aux éditions Arléa.
La Vie de Roger Fry (trad. Jean Pavans, 1999) est parue chez Payot-Rivages.

Nous remercions les éditeurs qui, comprenant le sens de notre projet, nous ont encouragées et nous ont accordé un libre droit de citer les textes nécessaires à notre entreprise.

Nous avons utilisé pour ce livre toutes les éditions de Virginia Woolf disponibles ou épuisées, et vérifié à quel point son œuvre traduite est dispersée – vingt éditeurs et quantité de textes introuvables – pour le plus grand dommage de tous. Au-delà des ouvrages cités, nous invitons les lecteurs et lectrices à se reporter aux éditions suivantes :
Les ŒUVRES publiées en trois volumes par les éditions Stock (1973, 1974, 1979) rassemblent : *La Chambre de Jacob, Mrs. Dalloway, La Promenade au phare, Orlando, Vagues, Entre les actes, Années, Flush.*
Les ROMANS ET NOUVELLES de la collection "Classiques modernes" (La Pochothèque, 1993), outre une vingtaine de nouvelles, contiennent *La Chambre de Jacob, Mrs. Dalloway, Voyage au phare, Orlando, Les Vagues, Entre les actes. La Mort de la phalène*, recueil de nouvelles, a paru aux éditions du Seuil (1968).

Trois Guinées et le *Journal d'un écrivain* établi par Leonard Woolf sont disponibles en 10/18 (2002 et 2000).
Il existe au moins trois traductions de *Mrs Dalloway*, chez Gallimard (1994), à la LGF (2003) et aux éditions Thélème (2004).

Le Commun des lecteurs est publié par les éditions de l'Arche (2004).

La Maison de Carlyle et *Les Années* au Mercure de France (2004).

Pour une bibliographie plus exhaustive, nous invitons les lecteurs à se reporter par exemple à la biographie d'Hermione Lee parue aux éditions Autrement (2000), *Virginia Woolf ou l'aventure intérieure.*

Remerciements

*à Cathie et Amit
qui nous ont si souvent
offert l'hospitalité.*

Table

GENEVIÈVE BRISAC

Les Filles
Gallimard, 1987
et « Folio », n° 2978

Madame Placard
Gallimard, 1989

Loin du paradis, Flannery O'Connor
Gallimard, 1991

Petite
Éditions de l'Olivier, 1994
et « Points », n° P187

Week-end de chasse à la mère
prix Femina 1996
Éditions de l'Olivier, 1996
et « Points », n° P446

Voir les jardins de Babylone
Éditions de l'Olivier, 1999
et « Points », n° P721

Pour qui vous prenez-vous ?
Éditions de l'Olivier, 2001
et « Points », n° P993

La Marche du cavalier
Éditions de l'Olivier, 2002

Loin du paradis, Flannery O'Connor
« Petite Bibliothèque de l'Olivier », n° 46, 2002

Les Sœurs Délicata
Éditions de l'Olivier, 2004

52 ou la seconde vie
Éditions de l'Olivier, 2007

AGNÈS DESARTHE

Quelques minutes de bonheur absolu
Éditions de l'Olivier, 1993
et « Points », n° P189

Un secret sans importance
prix du Livre Inter 1996
Éditions de l'Olivier, 1996
et « Points », n° P350

Cinq photos de ma femme
Éditions de l'Olivier, 1998
et « Points », n° P704

Les Bonnes Intentions
Éditions de l'Olivier, 2000
et « Points », n° P917

Le Principe de Frédelle
Éditions de l'Olivier, 2003
et « Points », n° P1180

Tête, archéologie du présent
(photographies de Gladys)
Filigranes, 2004

Mangez-moi
Éditions de l'Olivier, 2006
et « Points », n° P1741

COMPOSITION : PAO EDITIONS DU SEUIL

GROUPE CPI

Achevé d'imprimer en juillet 2008
par **BUSSIÈRE**
à Saint-Amand-Montrond (Cher)
N° d'édition : 98188. - N° d'impression : 81272.
Dépôt légal : août 2008.
Imprimé en France